きりこについて

JN264591

角川文庫
17072

きりこに捧ぐ

きりこは、ぶすである。

誰かを、ぶす、と感じるのは人それぞれ、千差万別だから、こう、のっけから「ぶすだ」と断定するのは早急だし、きけん！　なこともしれない。でも、例えば百人の日本人、働き盛りの男の人、若いお母さん、やんちゃな小学生、照れ屋の中学生、大人ぶる高校生、年老いたジャズプレーヤー、フランスかぶれの女の人、メタボリックな社長、詐欺で身をたてている女、とにかくランダムに、出来るだけまばらに、色んな人を集めて、その人たち皆にきりこを見てもらい、「どうか正直に言ってほしい」とお願いしたら、きっと九十七人、いや九十八人、もうちょっと頑張って九十九人、こうなったらやけくそで百人！　は、「ぶすである」と、言うだろう。

かといって、それも予測であるし、統計を取ったとして、皆が本当に心から正直なことを言うかも、分からないし、いくらランダムに、といっても、これだけたくさんの人がいる国のこと、百人を集めたところで、「これが皆の意見です」と言うのはやはり早急で、危険である。でもやはり、その危険を考慮に入れ、早急であると訴えられても、きりこは、**ぶす**、である。

顔の輪郭は、空気を抜く途中の浮き輪のように、ぶわぶわと頼りなく、眉毛《まゆげ》は、まるで間違いを消した鉛筆の跡だ、がちゃがちゃと、太い。その下にある目は「犬」とか、「代」などの漢字の右上の点のようで、それが左右対称についている。鼻は、大きく右にひしゃげていて、アフリカ大陸をひっくり返したようである。唇だけは思い出したように赤く、つやつやと光っているが、アラビア文字のように難解に生えている乳歯が抜けた後、また同じように、難解な並び方で永久歯が生えてきている。顎《あご》はない。ないというか、そのまなだらかに首（首もないのであるが。後述）とつながっていて、どこにあるのか、探そうにも、探せない。耳は、ゆであがったパスタのようにつるんとしており、黒髪は豊かで、ほとんど青いほど、でも、いかんせん顔の印象に引っ張られて、行き場をなくし、どこか自信なさげに、頭に喰《く》らいついているという、按配《あんばい》。

きりこは、大阪の小さな街に住んでいる。お父さんはきりこを二十八歳のときに仕込んだ。きりこがパァパと呼ぶので、ここでも、そう呼ぼう。一方のマァマは、二十四歳のときにきりこを宿した。きりこがあれほどの**ぶす**であるから、パァパとマァマはどれほどのものか、と思うかもしれないが、実はふたりとも、そこそこの美男美女である。

パパは鹿児島の出身、きりりと彫りの深い顔をしており、真ん中をほとんど縦断するように聳《そび》え立つ鼻は、とても立派であるし、黒すぎる奥まった目は、意志の強さを感じさせる。唇は薄く、遠慮がちで実直なパパの性格を表しており、後頭部の形が、素晴らしく美しい。唯一難をあげるとすればその眉毛、南方出身の人特有の濃いもので、その中でも笑ってしまうほど濃く、太い。それがきりこに遺伝した。

ママは、一重の涼しげな目と、均整の取れた葉っぱのような綺麗《きれい》な輪郭をしており、鼻などは、赤ちゃんの指しか入らないのではないかと思えるほど、小さい。唇は口笛を吹くのにぴったりの、小ぶりでかわいらしい形をしているが、いかんせん歯並びが悪く、矯《きょう》正《せい》をするにしても、あまりにややこしい生え方をしているので、お金がたくさんかかるそうである。ママはあきらめているが、ほとんど完璧《かんぺき》な顔立ちの中、笑ったときに見えるガチャガチャの歯は、ママの顔の中で唯一の愛嬌《あいきょう》となっており、どことなくエロチックな雰囲気を、かもし出している。しかしそれが、そっくりきりこに遺伝してしまい、言うまでもなくきりこのそれは、顔の中の唯一の愛嬌などには、なっていない。

このようにきりこは、両親のそれぞれ悪いところを、ひとつずつもらっている。そして、例えば目は、母方のお祖父さんの人懐っこい点の目をもらっているし、鼻は父方の綺麗なひいお祖母ちゃんが、唯一気にしていた形の悪いものをもらったし、輪郭はといえば、三代さかのぼったお祖父さんの、人の目をひきつけてやまない大きな骨格をもらった。

つまり、美男美女家系のそれぞれ悪いところを、ひとつずつもらった、奇跡のような顔をしているのである。

きりこは一人娘で、大変可愛がられている。

きりこが生まれたとき、ママはきりこの顔が「随分」なのを、「赤ちゃんやからやわ」と思ったし、パァパは「可愛い子っていうのは、意外と生まれたときはこんなもんや」と思った。だから、ふたりで、「可愛いなぁ。きりこちゃんは、ほんまにほんまに可愛いなぁ」と、褒めに褒めて育てた。きりこは、いつも耳元で聞こえる「可愛いなぁ」を体いっぱいに浴びて、すくすくと育ち、幼稚園に入っても、小学校に上がる頃になっても、きりこが生まれたままの「随分」な姿でいることを両親が忘れてしまうくらい、「可愛い女の子」然としていた。きりこはつまり、自分がぶすであるということを、つゆほども、飼っている猫の髭《ひげ》の先ほども、思わなかったのだ。

飼っている猫は、とても、とても、とてもとてもとてもとても利口である。猫にも、IQがある。人間のIQの幅は、低くて四十、高くて百六十、ほどのものであるが、猫は違う。一番下の猫は、IQがない。無《む》、ゼロなのである。そういう猫は二十五時間くらい自分の肛門《こうもん》を舐《な》めていたり、自分の尻尾《しっぽ》を追いかけ続けて、そのまま死んでしまったりする。

ＩＱの上限は、今分かっているだけでも、八百ほどになる。人間に比べたら、天文学的な聡明《そうめい》さなのである。

電動車椅子に乗った宇宙学者が言ったことを、ＩＱの高い猫たちは「おっと、今頃言うとるわ」と笑うし、次世代に残る大小説家が書く傑作は、書く前から分かっている。日本中の方言を理解出来るし、まだ出来ていない方言を喋《しゃべ》ることも可能、言葉がどのように成り立って出来上がっていくか、その仕組みを自分の爪のすみずみほどまで理解している。自分がいない場のことも、人間のことも分かるし、宇宙のことも、天国のことも、海の奥深くのことも、お釈迦様の耳の後ろのことも分かる。どうしてそれが分かるのか、ということが、分からないだけである。きりこの猫も、成長していくたび、ＩＱ値をみるみる上昇させ、七百四十に達したことがある。

猫は、きりこが一年生のとき、体育館の裏の、運動会で使うタイヤや玉入れのカゴや平均台などが置いてある小屋の奥で、軽くにゃあと鳴いているところを、見つけられた。生まれたばかりのその黒猫は、当時のきりこの胃袋よりも小さく、濡《ぬ》れたように真っ黒だった。他の兄弟はどうしたのだろう、母猫はどうしたのだろう。それを知っている者はいないし、当の黒猫も忘れているので、ここでは語らない。黒猫は、立派なオスである。

きりこの腕に抱かれたとき、黒猫は初めてまじまじと人間、というものを見た。にい、と笑ったきりこの歯は、尖《とが》っていたり倒れていたりせわしなくて、随分と驚いたが、ぽちゃぽちゃと柔らかいきりこのお腹があったかく、おでこを撫《な》でるきりこの手から、乾いた土の匂いがしたので、黒猫は安心した。何より、きりこの髪は、自分の真夜中の黒い体よりも黒かったので、黒猫はすっかり魅せられ、うっとりして、そのまま眠ってしまった。

きりこは黒猫を、自分のランドセルに隠した。自慢が大好きなきりこが、クラスの皆に黙っていたことは、今となっては驚異であるし、運命だとしかいえない。きりこは、この猫が自分にとって、とても大切な存在になることを予感していたのかもしれない。

きりこは休み時間にランドセルをこっそり開けて、「鳴いたらあかんで」と言い聞かせ、バレないように取っておいた給食のおかずを、少しずつ置いた。かまぼこは食べることが出来たが、ミートボールは、匂いがきつくて食べられなかった。黒猫は赤ちゃんながら、それを申し訳ないことと思い、学校が終わるまで、鳴かなかったし、帰り道、きりこの背中で揺られているときも、決して、鳴かなかった。猫は、ラムセス2世と名づけられた。エジプトの王様の名前だ。クイズ番組で見た、ハンサムで機知に富んだその王様にすっかり魅せられたきりこが、迷うことなくつけたのだ。

ラムセス2世は、みなしごの自分を、王様だと言ってくれるきりこの思いやりが嬉《うれ》しかった。2世、という響きも、「やるときはやるで」という、秘めた戦闘力を予感させるようで、大変気に入った。

ラムセス2世は、きりこのことが好きだった。命を助けてもらった人、という恩義があるし、人間界ではぶすだと思われるきりこの顔は、猫の彼にとっては、大変良い具合に見えたからだ。目がぎらぎらと大きいと、喧嘩《けんか》を売られているのではあるまいか、と、腹が立ってくるし、鼻がまっすぐだと、どうしても曲がるまで引っかきたくなる。その点きりこの目は、水に戻す前のひじきのような、何にでも寄り添える愛嬌があり、人間としては絶望的な鼻は、猫にとっては頼もしい目印になった。ぶわぶわの頬っぺたはきりこが眠っているときに踏むと、肉球の気持ちがいいし、歯がガチャガチャしていることなどは最大の魅力、難解な生え方、乱杭歯《らんぐい》や二列になった歯は、冒険心と探究心をあおられ、うっかりしていると、何時間でも見つめてしまうのだった。

きりこはよく、ラムセス2世を抱き上げては、「賢いなぁ、賢いなぁ」と言った。きりこは自分が世界一可愛いと信じているので、自分以外の者にその言葉を使うことを許さなかっただけなのであるが、ラムセス2世は、それを感謝した。

その頃には、ラムセス2世はすでに、人間が猫に言う言葉のいっとう上位に、「可愛い」があるのを知っていた。パァパとマァマが呆《あき》れるほど口にしていたし、他の猫や人間には会ったことがなかったが、そうであると「分かって」いた。

「可愛い。」

この言葉、獰猛《どうもう》な肉食獣の血をひく種族に言うのは、大変失礼なこと、猫にとっては屈辱なのである。

「鼻が濡れてるわ、可愛いなぁ。」

「肉球が桃色やわ、可愛いなぁ。」

笑止！

猫は高潔な肉食獣である。濡れた鼻と桃色の肉球で、人間を襲うことだって出来るのだ。その点、きりこは、「賢い」という、猫が言われて一番嬉しい言葉を言ってくれる。これはとんでもなく立派な飼い主に出会ってしまったと、ラムセス2世は濡れた鼻と桃色の肉球を、ぴくぴくさせた。

猫は話が出来る。人間とだ。

それを知っている人間はほとんどいないし、猫だって信じている者は珍しい。話せることは知っていても、人間が自分たちの声に、耳を傾けてくれるとは思えないし、声をかけてくれても「可愛いわねぇ」とか、「とぅるとぅるとぅるー」なんて、屈辱的なことしか言わないので、諦《あきら》めているのが現状である。

しかし、ラムセス2世は、王様の名前をもらっただけに、不屈の精神を持っている。きりこと出会ってから、熱心に熱心に、会話を試みてきた。最初は、すみません、を言うのにも、「隅麻雀」と言ってしまったり、そろそろごはんを、と伝えるのにも、「そもそもご覧よ」と伝わってしまったりと、苦労はあったが、きりこにも猫の声に耳を傾ける熱心さがあったため、徐々に、きちんとした会話が、出来るようになった。

まだラムセス2世の言葉が怪しいとき、印象的な出来事があった。

きりこの家に、学校のお友達がふたり、遊びに来た。クラスで一番可愛いすずこちゃんと、クラスで一番粘土遊びが上手な、みさちゃんだ。きりこは、可愛くなかったし、粘土遊びもへたくそだったが、何せずっと「可愛い可愛い」と言われ、生まれてから七年間、有頂天になっていたので、自分とふたりの違いを、分かっていなかった。それどころか、この三人の中でも、「なんかうち、めっちゃいけてんちゃうん?」と、思っていた。

女の子が三人集まれば、お人形遊びか、おままごとをする、と相場が決まっている。そのときすずこちゃんとみさちゃんは、自分たちの持っていない、きりこの珍しいバービーちゃんで遊びたかったのに、きりこはどうしても、おままごとがしたかった。ふたりの熱心な申し入れを、きりこは頑固に断り、ふたりの情熱が少し下がっていることにも気づかず、おままごとの役を考え始めた。

そのときラムセス2世は、この家に貰《もら》われてきたときより、少し大きくなっていたが、おぼつかない足や大きな瞳《ひとみ》が、人間をとろけさせる、ことに小さな女の子などには、キュートすぎる刺激となることを、なんとなく分かっていた。面倒くさかったので、三人からは見えない場所、クローゼットの一番上の棚から、その様子をじっと眺めていた。

きりこは、ラムセス2世を、誰かに自慢のために見せる、ということをしなかった。一度、大好きなこうた君にそれをしたら、さっきまでつまらなそうだったこうた君が途端に目を輝かせ、ラムセス2世ばかり可愛がるものだから、嫉妬《しっと》したのである。

ラムセス2世は、その嫉妬が嬉しかった。こうた君と一緒になって「せやろ、可愛いやろ」などと言われたら、きっと、大きなショックを受けていたに違いない。馬鹿にされた、という屈辱で、その晩、望まれない場所で爪とぎや放尿をすることに、精を出したに違いない。

さて、おままごとの役を決めるのは、きりこである。

「すずこちゃんは、こどもの役な。みさちゃんは、お父さんの役やで。」

そして、自分はお母さんの役、と言い放ち、さっさとおままごとを、開始しようとした。

ラムセス2世は、それはない！　と思った。ひどすぎる、とさえ思った。

彼は、「なんで猫の役をやらんの」と思ったのだ。

どうして「おかあさん」などという、白いべちゃべちゃしたうんこのようなものを茶碗《ちゃわん》によそったり、「小樽《おたる》にいますか」などとつまらないことを言うだけの役を、選ぶのだ（本当は「お風呂《ふろ》にしますか」だったのだが、当時のラムセス2世の人間語の理解力では、それが限界だった）。

猫！　猫なら、足先からふわあっと血がたぎるような「爪とぎ」や、湖のように安らかな気持ちになれる、「丸くなって眠る」や、いつ気を失うか分からないスリルが味わえる、「肛門を舐める」などという遊びが、出来るのに！

ラムセス2世は、珍しく興奮した。人の前に姿を現さないでおこうと思ったのに、思わず、クローゼットから、飛び出してしまった。

「きりこさん、あんたは、損をしてはる！」

そう言って、鳴いた。すずこちゃんとみさちゃんは、「いや、猫やわ！」と興奮した。その興奮が、幼いラムセス2世にも伝染してしまった。彼は、出来る限りの大声で、鳴いた。

「どこまでお人よしさまなんですか！　きりこさんはおかあさん、なんてやらなんでもええじゃああありませんか！　猫、猫があるやないですか！」

すずこちゃんとみさちゃんは、さんざんラムセス2世をさわり、「可愛い！」という、あの忌々《いまいま》しい言葉を連発した。ラムセス2世は、怒った。

「じゃかぁしいっ！　おふたりのほうが、よほど可愛いわっ！　**くそ可愛いわっ！**」

きりこは、最初、お客様のおふたりが、こうた君のようにラムセス2世ばかり可愛がるのを見て、また嫉妬の炎を燃やしていたが、ラムセス2世が、あんまり必死で鳴くので、いつしかじっと、ラムセス2世を見た。

「きりこっ、きりこさんっ！　おかあさんなんて面倒くさいもん、やらなんで結構さま！　猫があるやないですかっ、猫があるやないですかっつって！」

きりこは、静かに言った。

「分かった。」

きりこは、チヤホヤと可愛がるすずこちゃんとみさちゃんの腕から、ラムセス2世を乱暴に取り上げた。

「分かった、ラムセス2世。」

ラムセス2世は、感動した！　初めて、自分の言葉が通じた瞬間だった。

「ふたりとも、帰って！」

きりこは、すずこちゃんとみさちゃんに、そう、ぴしゃりと言い放った。ぷんぷん怒りながらも、名残惜しそうなおふたりの背中を、押しさえした。「勝手やわ」「やきもちやき」などという声が廊下から聞こえ、ママの「あらあら」という困った声まで聞こえたが、ラムセス2世は、幸せであった。

「ラムセス2世。」

きりこは、ラムセス2世の目をじっと見て、言った。

「猫のほうが、人気者ってことやな。」

きりこは、静かな炎を目にたぎらせ、続けた。

「うちなんかより、猫のほうが、人気ってことなんやな。こうた君も、すずこちゃんも、みさちゃんも、うちより、猫のほうが、好きなんやな！」

キーッと、わくわくするような面白い声を発した後、きりこはラムセス2世を、力いっぱいベッドに投げた。まだ受身がおぼつかなかった彼は、ぼうん、とベッドで跳ね、その一連の出来事が面白く、楽しく、嬉しく、キャーキャーはしゃいでしまった。きりこは、そんなラムセス2世をまた抱き上げ、今度はクローゼットに向かって、投げようとした。

ラムセス2世は一瞬「え？」と驚いたが、あの冷たい扉というやつにぶつかるのは、どれほど楽しいだろうと思い直し、改めて、身震いした。

でも、そのとき、マァマが入って来た。そして、「きりこちゃん、湘南下のオカン！」と、訳の分からないことを言い、きりこからラムセス2世を取り上げた。

彼は、怒った。

「ちょっ！　せっかくきりこさんと、じゃーん、ねこどこにとんでゆくごっこをして、遊んでいるのに！」

　そう怒鳴ったが、ラムセス2世が言っていることは、ママに伝わらなかったし、ママが言っていることは、そのときのラムセス2世には、分からなかった。だのに、きりこが言うことだけは、はっきり分かったから、ラムセス2世は、嬉しかった。

「だって、みんなみんな、猫のほうがええって言うんやもん！」

　よく、分かってはる！

　ラムセス2世は、打てない膝《ひざ》を打った。きりこは、本当によく分かっていると思って、誇らしかった。

　人間より、猫のほうがいいに決まっている。

　ゆくゆく、きりこはこの瞬間よりも強く、人間より猫のほうがいいということを痛感するに至るのだが、それは後述しよう。

　その晩、ラムセス2世は、いつものようにきりこのベッドに潜り込んだ。驚いたことに、きりこは、泣いていた。そして、彼の体を抱き、「ごめんなぁ、ごめんなぁ」を、繰り返した。ラムセス2世は、訳が分からなかった。そして、きっと「じゃーん、ねこどこにとんでゆくごっこ」を途中までしか出来なかったことを、謝っているのだろうと思った。きりこは、なんて優しい、素晴らしい人間なのだろうと、ラムセス2世は、感激に身を震わせた。

「きりこさん、また、あの遊び、やりましょね。」

「ラムセス2世、ごめんなぁ。」

「謝らんといてください。でももう、あの可愛い連中を、家に連れて来んといてくださいったら。」

きりこは、その通りにしてくれた。

学校で、いくら友達が「猫を見せて」「遊ばせて」と言っても、きりこはそれを、頑として、拒否した。自分よりラムセス2世にばかり視線が行くのが、気にいらなかっただけなのだが、当時のラムセス2世には知るよしもなかったし、何度も言うが、もし分かっていたとしても、その嫉妬は、ラムセス2世には嬉しいものなのだ。

猫は、嫉妬されるのが、好きなのである。

その日から、ラムセス2世ときりこのふたりっきりの時間は増え、くだんの熱心な会話の練習をし、自由自在に意思の疎通が出来るようになったのである。

きりこの公園デビューは、センセーショナルであった。いや、きりこは、その容姿から、初登場する場所ならどこででも、衝撃を誰かに与える子供であった。

さきほども言ったが、マァマはなかなかの美人であり、服のセンスもスタイルも良い。ベビーカーに生後七ヶ月のきりこを乗せ、緊張した面持ちで公園のゲートをくぐる様子は、すでにベンチを陣取っていた先輩のママたちの目を引いた。家族が住んでいるのは、大きな集合団地で、コの字のように棟が建つその真ん中に、公園がある。いずれその公園はコの字公園と呼ばれるようになるのだが、当時、赤い滑り台や黄色のブランコ、青い枠の砂場はどれもぴかぴかと新しく、どこかよそよそしさを感じさせるものだった。そして、そこに集うママたちもそうだった。新しくできた団地なので、比較的若い夫婦が多く、自然子供も、小さな子や赤ちゃんが多い。新しいものは、みずみずしい張りを持っているが、その張りは、他のものを寄せ付けない壁にもなりうるのだ。

その日ベンチにいたのは三人のママ。

「見たことない人やない、あの人。」

C棟の四階に住む出井《いでい》さんがそう言う。

彼女の子供は三歳になる女の子、ちせちゃん。栗色のくるくるの髪と細い手足が出井さんの自慢、フィギュアスケートを習わせたいと思っているが、経済的な余裕がなく、今は近くにあるバレエ教室を探している。後々のことだが、ちせちゃんはバレエ教室を三ヶ月でやめ、二十一歳になった年にAV女優に。バレエ教室通いはたった三ヶ月だったが、そのときに体を柔らかくしておいたのが功を奏し、彼女は『軟体女』シリーズで人気者になる。一番売れたのが『軟体女・メス修行』。

「ほんまや。見て、あの水色の帽子。」

そう言うのはB棟の一階に住む和久井《わくい》さん。

十二階まであるこのマンションの一階に住んでいるということが彼女のコンプレックス、旦那《だんな》さんにいつも「マンションの一番下って、階級的にも一番下いう感じがする。みんなを支えてるみたいな！」と、訴えている。旦那さんはそれをしかと、二歳の息子ゆうだい君がおり、彼を将来学者か教授にしようと思っている。のちのち分かることだが、残念なことにゆうだい君は勉強のほうはさっぱり、美術の才能がぬきんでており、美術大学に入学、イラストレーターなどを細々とやることになる。ゲイであるが、ある会社に入るまでは、それを隠していた。

「見て、あのベビーカーに吊《つ》るしてるアヒルのおもちゃ。」

そう言うのは、A棟の四階に住む元田《もとだ》さん。

元田さんは四十歳。ママたちの中でも比較的年が上だが、人に言えない過去がある。やっと捕まえた今の旦那とこのマンションに越してきたが、この幸せを失うのが怖くて新興宗教にはまっている。今はまだ自分の幸せを追求する細々としたものだが、いずれマンションョン中を布教してまわるようになる。子供は三歳のともひこ君。母親の尋常でない宗教活動をトラウマにしたまま育ち、付き合う女性女性に暴力をふるうようになる。若いうちに失踪《しっそう》。

「あの白いパンツの丈。」

「あのモカシンのビーズ細工。」

「あの、小さくて上品な顔！」

マァマは皆の姿を見て、お辞儀をする。そのお辞儀も、ポピーの花が風にしなうような、柔らかく、優しさに満ちたものだったので、ママたちはすっかり魅了されてしまった。魅了は嫉妬、それから意地悪心に変わりやすいが、こちらにやってくるマァマの、遠慮がちではかなげな歩き方で、ママたちはマァマのことが、すぐに好きになった。

あんな素敵な女の人の赤ちゃんて、どんなんやろう。

皆、心の中でそう思う。

赤ちゃんは、可愛い。

当然だ。ひとりで生きていけないのだから、可愛くないと、人にかまってもらえる存在でないと、いけない。マレーバクの赤ちゃんも、アメリカバイソンの赤ちゃんも、およそ哺乳類《ほにゅうるい》の赤ちゃんはどれも「可愛い」が、人間の赤ちゃんほど「可愛さ」ゆえに無力な存在はいない。生まれてくる瞬間から、完全に誰かの世話になる気でいるので、「可愛さ」は武器であり、防具であり、その様子は無邪気で、はなはだ傲慢《ごうまん》である。

大概が可愛い赤ちゃんの中、素敵なマァマの素敵な赤ちゃんを想像していたママたち、それこそ嫉妬する用意も出来ていたのだが、

「こんにちはー。」

と覗《のぞ》いたベビーカーの中、こちらをねめつけているきりこを見て、息を呑《の》んだ。

（え……？）

皆、自分の視力に自信が持てなくなった。

素敵なマァマから、今目の前でこちらを「殺したんど」という具合に睨《にら》みつけている、この赤ちゃん、のようなものが生まれるなんて、にわかに信じがたかった。

ママたちは互いの顔を見合わせ、それぞれの瞳に同じ光が宿っているのを見、少し安心する。しかし、きりこを見たときのなんとも不吉な感じ、どきどきする感じは消えない。

きりこは、もみじまんじゅうのような手をばあ、と広げ、何かに耐えているように、顔を歪ませ、いずれ難解な歯が生えてくる口を、ぱくぱくさせる。その様子は、どう見ても赤ちゃんのそれ、「いや、見てー、可愛《かわい》らしいなぁ」というそれとは、ほど遠い。それでも、ママたちはこう口にする。

「あら、健康的な感じやねー。」

「頭ががっしりしてるから、将来賢くなりはるんちゃう？」

「おくるみ自分で作りはったの？」

どうしても、きりこには「可愛い」という言葉をかけることが、出来ないのだ。

でも、ママは、皆の言葉に素直に答える。

「ありがとうございますー。」

「ミシン使うのが好きでー。」

その笑顔でまた、皆を魅了してしまう。

将来「軟体女」になるちせちゃん、ゲイの素質がすでに萌芽《ほうが》しているゆうだい君、母の宗教の匂いを感じ始めているともひこ君は、新しい赤ちゃんの出現を知り、砂場から走ってくる。

「赤ちゃん？」

そう言ってベビーカーを覗き込み、それぞれのママたちと同じように、まずは絶句する。しかし、ママたちのように、取り繕うということをまだ知らないので、一瞬ののち、口々にこう言う。

「おまんじゅうみたい！」

「こっち睨んでる、怖い！」

「僕こういう犬みたことある！　ブルなんとか。」

しかし幸いにも、二歳、三歳の語彙《ごい》力では、ママたちには伝わらない。あーあーあー、とか、いぬ、とか、おまんじゅ、などとおぼつかなく言った後は、それが伝わらないもどかしさで、三人それぞれ、表情で、きりこを見た衝撃を表現するのだ。

きりこは、ぷう、と頬をふくらませたちせちゃんや、驚いて目がまん丸になっているゆうだい君や、顔をぐちゃぐちゃにして、ブルドッグを表そうとしているともひこ君を、まるで王様のように睨み、

「ぶふっ。」

と、唾《つば》を吐きかける。

「きゃーっ。」

そして、アヒルのおもちゃを手でちぎり、投げる。

「痛いよー!」

「いや、きりこ、あかんやろー、なんでそんなんするのー。」

ママは、徹底的にきりこに甘い。めっ、などと怒りながらも、目はきりこへの愛《いと》しさで、柴《しば》犬のように黒目がちの三角になってしまっている。

きりこに悪気はない。ただ、愛情に満ちた家、自分への溢《あふ》れんばかりの愛でくるまれていたきりこだ。パァパとマァマの優しい笑顔しか知らなかった彼女にとって、ちせちゃんのふくれっ面や、ゆうだい君の驚いた顔や、ともひこ君のぐちゃぐちゃの顔は、理解出来なかったし、その後ろで立っているママたちの、底に何かを孕《はら》んでいそうな張り付いた笑顔も、不快だったのだ。

「ぶふっ。」


幼稚園の入園式のとき、皆で撮ったクラス写真のきりこは、ちょっとした見ものである。バラ組に入ったきりこ、その顔はまさにバラのよう。そう言うと、バラのように美しく妖艶、などということを思い浮かべるだろうが、そのような「比喩《ひゆ》」では、ない。

　本物のバラのような人間の顔、というものを想像してほしい。

　肉厚の花びらがうっとうしく何層にも重なり、うねうねと不吉な曲線を描いている、それに似ているなんて、通常の人間ではあり得ないのだが、きりこには可能だ。

　きりこは、くしゃみをした直後のような顔をしている。

　彼女はしかめっ面をしており、それは幼稚園の制服が、ピンク色ではなく紺色のジャケットで、ふりふりのレースがついたスカートの代わりにグレーのフラノのスカートで、ティアラではなくスカートと同じ生地のベレー帽をかぶらなければいけないことからくる、しかめっ面であったのだが、およそ人間が作ることが出来る皺《しわ》の可能範囲を軽く超えた、「線」だらけの顔をしている。

　目元には暗い影が入り、小さな目は埋没して、ほとんど見えないし、鼻はアフリカ大陸がなんらかの天変地異により爆発したような有様、唇は、すでに難解な歯が幅をきかせており、爆撃後の街のようになっている。ぷるぷるの白い肌は、ママの最も愛するものであったが、ベレー帽をやけくそにかぶっているため影が入り、それこそバラの花の陰影のようになってしまっている。

「これは……。」

きりこのことを、自分のおへそや心臓よりも大切にしているパァパでさえ、この写真を見たときは、そう呟《つぶや》いた。娘への無邪気な期待から、これは、の後の言葉を飲み込んだが、「ひどい」や「恐ろしい」というような類《たぐい》の言葉であったのは間違いがない。

パァパでさえ、絶句するほどであったのだから、他の子供たち、そしてそのパパ、ママたちの驚きは、想像に難くない。きりこはたちまち、幼稚園での有名人になった。

「うわあ、この子……。」

「え、どういうこと?」

皆、家で写真を見てひとしきり驚いた後は、わが子を見つめ、「比喩」で言う花のようなその様子を見て、安心するのであった。

しかし、大人というものは、思っていることとあべこべのことを言うものだ。

お迎えに来たママたちは、きりこの姿を見、(あれがあの……)と、心の中で思っている。しかし、決してきりこに、そしてマァマに、

「入園式の写真、あれはどえらいひどかった!」

「しかし、実物はもっとひどい!」

とは、言わない。決して。

「まあ、きりこちゃんやね。うちの子が仲良くなりたい言うてたよ。」

などと話しかけるのだ。そこには写真のきりこと、わが子を見比べたことによって生まれた、きりこに対する罪悪感めいたものも含まれている。こんな顔に生まれて、この子は将来お嫁に行けるのかしら、などと、おせっかいな心配までするママもいる。ママたちはきりこを見つめれば見つめるほど、（よかった……！　うちの子やなくて……！）と安堵《あんど》し、きりこに対する歪んだ愛情のようなものを覚えるのだ。

「ほら、仲良くしたってね！」

しかし、素直なマァマはそれを真に受ける。

「あらきりこ、よかったなぁ！　お友達できたやん！」

実はマァマも、初めて写真を見たときは「きりこ？」と不安になったが、愛情による柴犬の目で見続けると、くしゃくしゃになった顔は、なんともいえない愛嬌に思え、ベレー帽を斜めに深くかぶっている様子は、お転婆心をくすぐった。

よく、飼っている猫の太った様子や、欠伸《あくび》をしてとんでもない顔になっているさまが可愛い、などと言う人間がいるが、マァマも恐らく、その状態であったのだろう。時々パァパとお酒を飲みながら、入園式という大事な写真でこんな顔をしてしまうことなど、いずれきりこが大きくなったとき、愛しい笑い話として語り合えるかもしれない、と期待までしてしまう有様であった。

さて、きりこに「仲良くしたってね」と言ったママと手をつないでいる、「仲良くなりたがっている」子、すずこちゃん、であるが、もちろん、きりこと仲良くなりたいなんて、ちっとも思っていない。それどころか、自分の倍はあるきりこの存在感のありすぎる顔に、恐れをなしている。それに、家で写真を見たときは、「うわ！」「まじで！」とかなんとか言っていた自分のママが、急に「友達になりたいって言うてたよ」などと笑うのだ。すずこちゃんは、半ばパニックになっている。

きりこはそんなこと、お構いなしだ。難解な歯をにい、とさらして（この時点で、すずこちゃんの恐怖は頂点に達する）、

「ええで！　友達になってあげても！」

と、笑う。きりこの笑顔は、すずこちゃんのママを改めて絶句させるが、すずこちゃんは、きりこが「笑っている」ことが分かると、少し安心する。きりこちゃんのこと、好きかもしれない、とさえ思う。

きりことすずこちゃんは、友達になる。

すずこちゃんは、二重のぱっちりした目と、四歳なのにグレーが似合う大人っぽいすらりとした体が魅力の、少し奥手の女の子、のちのち学校でも一、二を争うほどの美人になり、きりこからは距離を置くようになる。ラムセス2世の姿を見たふたりの同級生のうち

の、ひとりである。

すずこちゃんのように、まだまだきりこの「ぶす」を「衝撃的」というだけにしか捉《とら》えられず、それよりも、きりこの溌剌《はつらつ》とした話し方や、圧倒的に大人ぶった態度に魅力を感じてしまうような子供たちと、きりこは仲良くなる。

友達は、薄暗いところできりこに会うと、「わ！」と驚いて後ずさることはあるが、きりこを自分たちのリーダーであると認め、いつもきりこの周りに集った。

ママは、きりこがこうやってお友達を増やしていくことが、嬉しくて仕方がなかった。

「きりこの成長が、うちの何よりの楽しみ。」

ママは、幸せなのだ。柴犬の、黒い目を輝かせている。

まだ、ラムセス2世は登場しない。読者諸君におかれては、またたびの原木の匂いでも嗅《か》いで、もう少しの辛抱をしていただきたい。

今は、きりこだ。

パァパとマァマの愛情の楽園から離れた場所にあっても、きりこは両親の愛情にひたひたと浸っていた。通常の人間ならのぼせてふやけて貧血になり、扇風機の前で気絶してしまっているところだが、「きりこ」は頑丈だった。愛情を受け取っても受け取ってもへこたれない、鉄のような素晴らしい体と心を持っていたのだ。きりこは、もっと、もっと、と、愛情を欲し、飽きることがなかった。

いつも極上の温泉につかっているような気持ちでいるきりこは、猫で言うところの「マタ（またたび）くらいすぎてキマッてる」状態、挙句、周りにいる大人たちが、彼女に歪んだ愛情をかけたために（「きりこちゃんの肌はつるつるね」「きりこちゃんは賢いのね」など、それはほとんど同情からくるものであったが、幼いきりこにその真実など分かりようもない)、きりこは徹底的に、全世界から愛されている、と思い込んでしまった。

他の子供たちは、「きょとん」としていた。

子供というものは、大概「きょとん」としている。ことに人間の子供は、十一歳まで脳みそが安定しないという。水のようなものの中に、脳みそがふわふわ浮いていて、それは大人の人間が酔っ払ったときの状態と似ている、らしい。つまり子供は、いつも酔っ払っているようなものなのだ。

思い出してほしい。大人のあなたがぐだぐだに酔っ払ってしまったとき、誰かが言った、「ぼくのおしりはおでこです」などという一言で、お腹を抱え、よだれを垂らして、椅子から転げ落ちて、いつまでも、笑ってしまったことは?

子供を見てほしい。誰かの言う「うんことおれとビル」などという一言で、いつまででも、笑っているではないか。笑いすぎておしっこを漏らしてしまう者や、過呼吸になって両親に相当な心配をかける者も、いるではないか。一緒なのである。

または、そんなに好きではない異性に誘われ、居心地が悪いものだから鯨飲した際、「あなたが好きです。」

などと、耳元で囁《ささや》かれたとしよう。そんなに好きではない、いやむしろ嫌いの部類、だからこそ飲んでしまったあなた、しかし、耳元で何度も囁かれる「好き」「素敵な夜」「休憩」などという言葉に、あなたは段々、「うっとり」してくる。この場合の「うっとり」、というのは、猫が空を見ている「うっとり」とは違う。人間のそれには多分に、「面倒くさい」という気持ちが入っている。同じようなことを、抑揚のない言葉で何度も何度も言われ続けると、アルコールとは別に、脳内麻薬のようなものが出始め、第三の目が開き出す。あなたは悟りを開いたような気持ちになり、ついでに異性にも体を開いてしまうのだ。

きりこの顔は「衝撃的」だが、子供たちは「酔った」頭でいるので、きりこに、

「うち、可愛いやろ？　可愛い、ものすご可愛いやろ？」

と、耳元で言われ続ければ、「うっとり」し始めて、「可愛いかも」と思うものだし、何より自分たちの親に「きりこちゃんと仲良くしなきゃだめよ」、または先生に、「きりこちゃんを見習って」などと言われると、徹底的にきりこが偉い、と思ってしまうのは当然だ。子供たちがあほなのではない。

何度も言うが、あなたが、ぐだぐだに、酔っ払っている、状態を、思い出して、ほしい！

ただ、子供と大人の「酔い」の違うところは、子供には「二日酔い」がない、ということだ。大人たちは「酔い」から醒める。そして昨日の愚行を思い出し、軽く死にたくなる。そして、これからはあんなことを二度とすまい、と胸に誓いながらも、「うち美味《おい》しいね

んで」と、可愛らしく誘いをかけてくるアルコールの誘惑を、断ち切ることが出来ず、また夢うつつ、つまり「うっとり」の世界へと、足を踏み入れてしまう。

「うっとり」と現実の合間、を行ったり来たりしているのが大人だが、子供は、いつまでも「酔っ払って」いる。先ほど「きょとん」としていると言ったが、それは「うっとり」している、とも言い換えが可能だ。子供たちは四六時中「うっとり」している。だから、朝でも昼でも、政見放送中でも、「うんことおれとビル」と言われれば、涙を流し、おしっこを漏らして、笑い続けることが出来るのだ。

さて、きりこの朝も昼も夜も、きりこのものである。きりこは、酔った子供たちを、洗脳し続ける。

自然、きりこの考える遊びは、「きりこの、きりこによる、きりこのための遊び」となっていた。例えば、シロツメクサで冠を作る、などという遊びは、女の子の中でも絶大な人気を誇る。女の子はお花や冠が大好きだから、それがコラボレートするとなると、嫌でも血中アルコール（的）濃度が上がる。

きりこはお姫様でいたいので、当然その遊びが好きだが、きりこのルールがある。きりこは、実は王冠を作ることが出来ない。だから、お友達に作ってもらうのである。

きりこは、不器用だ。今まで、きりこの顔の描写ばかりに力を入れすぎたが、良い機会だから、きりこの体についても、ここで触れよう。

まず、首はない。ない、わけはない。十七歳のとき、眠りすぎて首が動かなくなり、レントゲンを撮ることになるのだが、そのときにはきちんと、首の骨があった。ただ、それを覆っている肉が厚すぎるのだ。チョコニルネのように、くるくると首に巻きついた肉には、ネックレスのように線が入っていて、きりこを見た人は首を探すより先に、そのネックレスの数を数えたくなる。ない首から、優しくなだらかすぎる肩がのびる。ラムセス2世は眠るとき、そのなだらかなカーブに体を沿わすのが、好きだ。

胴体にくびれは、ない。それは猫と一緒だ。そもそも生きていくのに、くびれなんて不必要だ。その胴体に、芋虫のような立派な足が二本、くっついている。影踏みをしていて、きりこに影を踏まれた人は、本当に「踏まれた！」、もしかして、自分の内臓まで踏まれてしまったのではないかと衝撃を受けるほど、立派である。

腕は、年頃になっても、赤ちゃんのようにぷにぷにしており、日に焼けたときなどは、焼きたてのコッペパンのようになる。その先に、問題の手がついている。

もみじまんじゅう。

公園デビューの折、ばあ、と開いた手を「もみじまんじゅうのような」、と表現したが、きりこの手は成長してからも、ずっと「もみじまんじゅうのよう」だった。背の高くないきりこ、結局コの字公園に生えているクヌギの木の、下からふたつめのくぼみまでの高さにしかならないのだが、中でも手は、特別小さなままだった。ピアノを少し習ったが、きりこの指があまりに短く、オクターブどころか、ドからラにも届かなかったので、数ヶ月であきらめたほどだ。

手の甲にはアマゾン川のような、青々として立派な血管が透けて見え、太くて短い指は、木の幹のよう、爪はパパのワイシャツのボタンほどに小さく、きらきら光っている。手相がマジックで書いたように濃く、生命線と頭脳線が交差している。人間はそのことに関して、きりこの人生が尋常ならざるものになる、などと言いたがるが、はっきり言って、それはデタラメである。手相は、ただの線だ。猫の肉球の色味や湿り気ほどには、重要ではない。よしんば、つるりと手相のない手だって、生きていくことに何の支障もない。猫の肉球が「柔らかくなる」ほどの事件性は、ない。

きりこの、この、もみじまんじゅうの手が、まったく役に立たない。短くて太い指は、猫の腹を撫でるには絶妙なのだが、人間の髪の毛を梳《す》くには太すぎ、ブラシを握るには小さすぎる。ちくちくと細かい針仕事なども、太すぎる指の腹が邪魔をして出来ないし、大人になってからも、絶対に失敗してしまうので、きりこはお化粧をしなかった。

きりこはだから、シロツメクサから王冠を作ることは、まったく出来なかったのだ。

王冠を作るのが一番上手なのは、ノエミちゃんという、スウェーデン人のお父さんと日本人のお母さんのハーフの女の子だった。真っ白く細い、缶詰のアスパラガスのような指で、シロツメクサを器用に編んでいく様はとても可愛らしく、雪組のよういち君と空組のまこと君が、彼女に一目ぼれをした。まこと君は、高校卒業後コメディアンになるが、売れたときに「初恋の人に会いたい」コーナーでノエミちゃんを指名、嬉しそうに現れたノエミちゃんが、あまりに太っているのを見て、ショックを受ける。それが原因ではないが、まこと君はその後、パッとしないまま、コメディアンをあきらめることになる。

きりこは、ノエミちゃんにいっとう大きくて（きりこの頭が大きいからだ）綺麗な王冠を作ってもらい、それを被《かぶ》るのだった。ノエミちゃんが休みのときは、すずこちゃんに編んでもらった。

誰かがきりこの王冠を編んでいる間、きりこはシロツメクサ畑の間を皇女のように歩き回り、

「誰が一番早く出来るか、よーい、どん！」

などと言い、幼いながら、資本主義社会を発展させてきた競争意識を、皆に植え付けることに成功していた。つまり本質的にもリーダーであったのだ。

ノエミちゃんやすずこちゃんは、きりこの王冠より先に自分のものを作ってはいけない

し、他の女の子たちも、きりこの王冠より素敵なものを作ってはいけない。シロツメクサ以外に綺麗なお花を見つけたら、「きりこ皇女」に見せなければならなかった。それでも、誰も文句は言わなかった。

「酔って」いたのだ。

鬼ごっこにも、きりこのルールがあった。

きりこは、高鬼が好きだった。高い場所に登っていればタッチされても鬼にならない、という遊びだ。公園や校庭には高い場所がいくらでもあったし、逃げ続けなければいけない通常の鬼ごっこよりも、休憩出来る時間がある。逃げる側に有利だということは、捕まえる側に不利だということだ。

でも、きりこは鬼にならない仕組みだった。

そもそも高鬼をする際、きりこが、

「じゃあ、今日の鬼はヨッちゃんね。」

などと、鬼を名指しするシステムである。いつからそうなってんの？　何より、「なんで？」という当たり前の疑問は、誰も口にしない。「うっとり」の最中には、猫の鼻の穴ほどの疑問も、覚えないのだ。

高鬼が始まり、皆めいめいの場所へ逃げる。きりこは、らせんを描くような滑り台、通称「くるくる滑り台」のてっぺんに逃げる。そして、そこから動かない。通常、高鬼のルールは、同じ場所に居続ける際、鬼が数を数えると、五秒以内にそこから去らなくてはならない。大概その際に鬼に捕まるものだが、きりこはそのルールを無視する。しかし、皆がきりこのように、同じ場所に留《とど》まるのは面白くない。そこで、なぜか鬼の代わりに、きりこが数を数え出すのである。

「いぃぃぃぃち、にぃぃぃぃぃい！」

皆はきりこの大声が聞こえると、慌てて他の場所へ移る。そして、鬼はきりこに感謝しながら、餌食《えじき》を探すのだ。きりこルールでこの高鬼をしていた女の子のうちのひとり、やすえちゃんは後々引っ越しをするのだが、高鬼のルールの違いに愕然《がくぜん》とする。皆に、

「高鬼知らないの？」

と言われ、

「きりこちゃんが鬼を決めて……。」

などと言ってから、初めてハッとするのだ。ここには、「きりこちゃん」がいない！

あのルールは、ぜんぶ、きりこちゃんが、勝手に、決めていた、こと、なんやわ！

ここで、やすえちゃんの「酔い」は少し醒《さ》めるが、その土地にも、きりこの代わりになるような女の子がいるので、またその女の子の「うっとり」にはめられることになる。や

すえちゃんの「うっとり」が決定的に醒めるのは、小学五年生、生理が始まる頃だ。それ以降は、アルコールの力を借りないと「うっとり」は訪れなくなる。

きりこは、逃げ惑う皆と、それを必死で追う鬼を、女王様のような気持ちでくるくる滑り台のてっぺんから眺める。くるくる滑り台は、園内でも一番高い「建造物」であり、見ようによっては、お城に見えなくもないのである。それがコの字公園のときは、藤棚の下のベンチの上になった。高さはなかったが、日陰にあるそのベンチは、見ようによっては、王様の座る玉座のようにも見えたからだ。

このように、遊びはいつも、きりこのものだった。

皆は、猫の鼻の穴ほどの疑問も覚えなかった、と書いたが、もちろん、あまりに理不尽なこの遊びの中、不満を持つ者が出ないわけはない。

しかしきりこは、圧政で皆を制圧するだけのタイプではなかった。例えば一番早く王冠を編んだ子には、「キャロラインちゃん」という、皆が憧《あこが》れる、ストロベリーパフェのような甘い名前をつけてあげ、一日中皆にそう呼ばせたし、高鬼で「いい動き」をしている者があれば、給食に出た白桃の缶詰をぐちゃぐちゃにつぶして、水をかけた「スペシャル桃ドリンク」なるものを飲ませてあげた。白桃などそのまま食べた方が美味しいに決まっているのだが、のちのちそれを飲んだ女の子たちは、口を揃えて、

「でも、あのスペシャル桃ドリンクは、異常に美味しかったよなぁ。」

と、言った。皆、不味《まず》いものをこの世で一番美味しい、とまで思えた「うっとり」していた子供時代が、懐かしいのである。

そして、お酒の力を借りないと、馬鹿らしい一言に大笑いすることが出来なくなってしまった大人の自分を、少しのセンチメントをもって、思い返すのである。

小学校に入っても、きりこの周囲へ与える影響力は、計り知れなかった。

入園式同様、入学式でも、きりこは保護者の皆や、同級生、上級生たちの度肝を抜いた。

きりこはその日、パァパとマァマの反対にもかかわらず、ねだりにねだって買ってもらった服を着ていたのだが、それは「入学式」という、少し堅くて重々しい雰囲気に、あまりにそぐわないものであった。ドレープのたっぷり取られた、パフスリーブのレモンイエローのドレスに、大きなリボンのついた黒いエナメルのストラップシューズ。

紺色のジャケット、グレーのワンピース、などの子供たちの中で、きりこは圧倒的に目立っていた。ドレスのインパクトもさることながら、そこから出ているのは、誰あろう、きりこの顔なのだ！　皆が彼女に釘付《くぎづ》けになるのは無理もない。パァパとマァマでさえ、上級生たちの間をステップを踏むように歩くきりこの姿を見て、少しばかりの恥ずかしさを覚えた。

しかし、きりこは上機嫌であった。徹底的に上機嫌であった。幼稚園のダサくて地味な

制服を着なくていいし、着なくていいのに、幼稚園のダサくて地味な制服、と同じような服を着ている子供たちの中で、

「うちって、めっちゃ、いけてんちゃう?」

と、有頂天であった。

「ほら、みんなが、うちのこと、見てる!」

各家庭で様々な波紋を広げた入園式の写真は、きりこの不機嫌から来る奇跡の顔であったが、今回の写真では、きりこは誰よりも、にっこりと笑っている。頼まれてもいないのに、首をかしげてさえいた。

だのに、ああ、やはり、きりこの顔は奇跡なのだ。

笑っているのに、印象が入園式のそれと、変わらない。いや、皆がグレーや紺を着ている中、レモンイエローなどという、とちくるった色のドレスを着ているため、入園式の写真の数十倍のインパクトがある。頭に結んだ、ドレスと同じレモンイエローの大きなリボンのせいか、きりこの顔は、相当な変わり者の芸術家から贈られた、理解不能な岩石の彫刻のように見える。タイトルは『この世の果て』とか、なんとか。とにかく前衛的で、難解すぎる。

そして大人たちは、難解な芸術を分かることが、己の人間としての価値をあげることだ

と勘違いしているのか、また、子供たちに言うのである。

「この子と、仲良くしてあげなきゃだめよ！」


幼稚園から一緒の女の子たちが数人いたこともあったが、新しいクラスのお友達の中でも、きりこは自分がリーダーであるということを印象づけた。まだ皆は七歳なのだ。大人でいうところの終電を逃した頃、

「もう電車もないんやし、こうなったら、朝まで、飲むどー！」

という、あの絶望的と言っていいほどの、楽しい時間だ。きりこが皆を「うっとり」させることなど、たやすい。

相変わらず「きりこの時間」が横行する中、きりこは初恋の人と出会うことになる。

こうた君である。

きりこが愛猫ラムセス2世を初めて見せたのも、このこうた君であったが、こうた君があまりにラムセス2世ばかりを可愛がるので、家に連れてくることをやめた、というエピソードは前述した。

こうた君は、つむじのせいで自然に分かれてしまう黒いつやつやした髪と、だらしなく

垂れた目が魅力的な男の子だ。のちのち髪の毛を剃《そ》って、流れ星の軌跡のような線を引いた頭になってしまうし、左目を喧嘩によってつぶしてしまうことになる。「大人の」酔い方をしていたときだ。唇は自然に口角があがっており、猫のように見えるのが気持ちが悪いが、足が速く、ドッジボールの球も速いので、女の子たちの間で絶大な人気を誇っていた。

実を言うと、きりこは幼稚園にいる間、数々の男の子に恋をしてきた。しかし、それは数日、あるいは数秒で終わってしまうものであったので、きりこ的に抹消してきた歴史であった。その点、こうた君に対する恋心は、一週間経っても、一ヶ月経っても、消えなかった。きりこは、徹底的に恋をしてしまった。よってこれを、初恋にする、と認定したのである。もっとも、この「初恋」も、きりこが大人になる頃には、抹消したくなる思い出に変わるのであったが。

こうた君は、女の子に人気があるにもかかわらず、男の子とばかりいたがった。硬派な雰囲気は男の子たちの人望を得ていたし、女の子たちのピンク色の目線をうるさそうに、恥ずかしそうにはらう仕草には、七歳とは思えない色気があった。つまり、こうた君は「同性にも人気のある、モテモテの照れ屋」という、人間界の人格的ヒエラルキーでは最高の位に属していたのだ。

クラスの女の子は十七人いたが、そのうち九人は、こうた君のことが好きだった。その中にはもちろんきりこもいたが、きりこの思いは顔の大きさいかんにかかわらず、三、四人分を占めていた。

　きりこはまったく、こうた君に夢中であった。

　かけっこの折、スタートラインでは片足を前に出し、すぐにでも一歩を踏み出せるように構えるのが通例だが、こうた君はそうせず、どん、の声を聞くまで体をぶらぶらさせている。「だるい」とか「やる気がない」という雰囲気をぷんぷんに匂わせ、そのくせ、走り出したらぐんぐんスピードをあげ余裕の一位、そんな姿にきりこは体を震わせたし、国語の時間、先生に本読みを当てられた際、教科書を忘れたのか振り返って男子の友達から、さっと教科書を取りあげる様子に、身もだえした。

　女の子は、少しばかりワルの匂いのする男の子に惹《ひ》かれるものなのだ。

　教科書を、忘れるなんて！

　こうた君はその典型であったし、モテている人間に特有の、「異性へのあまりの熱心さの皆無」が、ますます彼の魅力を高めていた。

　そんな硬派な彼が、きりこという女の子の家に遊びに来たのは、驚異といっていい。

　そしてとうとう、ラムセス2世の搭乗である！

今、私は、興奮のあまり登場という漢字を間違えてしまったが、ラムセス2世が、きりこの人生という名の旅客機に搭乗したようなものであるから、直さないでおこう。アテンションプリーズです。

ラムセス2世が、体育館の裏で発見されたことは前述したが、では、きりこがその日、なぜ体育館の裏にいたのかを、説明しようと思う。

二学期も中盤を過ぎた、秋晴れの気持ちいい昼休みだった。

きりこのクラス、一年四組の女の子たちは、長縄跳びをしていた。体育で習っているところだったし、ただ縄跳びを跳ぶだけ、という遊びが、二十分ほどの昼休みを過ごすのにちょうどいいのだ。

きりこは、実は長縄跳びが嫌いであった。わんわん襲ってくる縄に、うまく入ることが出来ない。どうしても足にぴしり、と縄が当たってしまうのだ。みみずばれのような赤い縄の痕《あと》は、お姫様であるきりこにはそぐわなかったし、「ただ跳び続けているだけ」という幼い興奮の何が面白いのかを、理解出来なかった。そんなに苦手ならば、長縄をまわす役をやればいい、と思うかもしれない。

しかし、きりこはきりこだ。

体力勝負の縄回しは女の子らしくない、という決然たる思いを持っている。その証拠に、始まりから延々縄を回させられている女の子は、さえちゃんとみさちゃんという、クラスでも特に太め、誰が話しかけても、「うん」と言って静かにうなずくだけという、少しにぶい女の子たちなのである（みさちゃんは、すずこちゃんと一緒にラムセス2世を見に来た、粘土遊びの上手な女の子である）。

きりこは、昼休みに入ったらすぐに、シロツメクサ摘みをやろう、と言おうと思っていた。しかし、出遅れてしまった。

給食に、白玉が出たのだ。

白玉は、きりこの大好物のひとつである。口に含み、噛《か》まずに、舌の下や奥歯と頬の間で慈しみ、五時間目が始まる頃まで置いておくことが、きりこにとって至上の喜びであった。五時間目のチャイムを聞いたとき、周囲の子供たちに口を開けて見せ、

「ほら、うちまだ白玉入ってんねん。」

と言ったときの、皆の感嘆の目！　時間が経ってもなお張りを失わない、白玉のエロティックな、舌触り！

あまりに、白玉をうまいことと口の中に納めるのに必死で、きりこは皆が運動場に出たことに、気づかなかった。

「あれ？」

窓から皆の長縄跳びをする姿を覗き見たきりこは、それでも慌てなかった。

「みんな、せっかちやなぁ。」

お姫様は、いつでも優雅なのである。

きりこはどこかに遅れて登場するとき、いつも心の中で「じゃーん！」と言っている。きりこを歓待するファンファーレのようなものが、きりこには聞こえているのである。そのときもきりこは、「じゃーん！」を背負って、皆の前に現れた。しかし今回、皆が夢中になっているのは、長縄であった。

ぴしり、ぴしり、ぴしりぴしり、
いぃち、にぃい、さぁあん、しぃい、
皆、ただ「縄を跳び越える」ということに夢中で、すでに何が面白いのか分からなくなってきている。「マタ喰《く》らいすぎてキマッて」いるのである。きりこが、

「みんなぁ、シロツメクサ摘みやろうや！」

と言っても、聞く耳を持たない。いや、数人はきりこの存在に気づいている。例えば、すずこちゃんやノエミちゃん、縄を回しているさえちゃんとみさちゃんだ。しかし彼女らは、きりこの存在に気づかないフリをしている。ずっとずっと、きりこの監視下に置かれ、きりこの言う通りに行動させられることに、いささか疲れているのだ。無理もない。せめ

て今くらいは、静かに、縄跳びをさせてほしいのだ。

「なあ、なあ！」

きりこは、この時点でイライラしてきている。お姫様を放っておいて、縄を跳んでいるなんて愚民だ！　それでも皆、頭の奥から「縄を跳ばなきゃ」という指令が出ているので、長縄跳びをやめることが出来ない。

「ちょっと！」

ぴしり、ぴしり、ぴしりぴしり、ぴしり、
はぁち、きゅうう、じゅうう、じゅういぃち、

「ちょっと！」

すずこちゃんはびくびくしている。きりこをちらりと見るが、きりこの目は怒りのあまり、六角形になっている。それは不吉な星座のように、すずこちゃんの胸を刺す。

「ちょっと！！！！！！」

不本意ながらも、とうとうきりこは、大声を出す。出した瞬間、大切に取っておいた白玉が、ぽん！　と、口から飛び出してしまう。

「あ。」

皆は、やっと長縄跳びをやめ、きりこを、そして、きりこが吐き出した、白くてつやつ

やした玉を見る。

「うちのしらたま……。」

きりこは地面にはりついた白玉に駆け寄り、死んでしまったわが子を見る母親のように、くずおれる。それはいささか演技じみているが、きりこは、本気である。

「うちの、しらたま……。」

皆は、きりこがどれほど白玉を愛し、それを皆に自慢して見せたか、よく知っている。隣の席になったことのあるさえちゃんなどは、放課後の学級会で「最長記録やで」と言って、あーんと口を開けるきりこに、度肝を抜かれたことがあるのだ。

「し、」

誰かが声を出す。

「知らん！」

その一言で、皆、蜘蛛《くも》の子を散らすように、その場を走り去っていく。きりこの怒りが怖いのだ。誰も、こうは思わない。

たかが白玉やないか。

だって皆、きりこに散々、白玉の価値を植えつけられているのだ。しかも「酔っ払っている」最中に。可哀想な皆。昼休みは、あと七分もあるのに。

皆がいなくなった校庭で、きりこはいつまでも、白玉を見つめている。

うちの可愛い可愛い、白玉……。

きりこは涙をこらえ、それをそっと手に取る。優しく手のひらに載せ、その可愛らしいフォルムを撫で、すっくと立ち上がる。そのときりこは、世界一可哀想な「美しい」女の子だった。

「お墓に埋めたるわな。」

人類の歴史上、かつてこれほど愛され、慈しまれた白玉が、あっただろうか。きりこの手のひらのそれは、つやつやと綺麗に光っている。

きりこが選んだ墓場は、体育館の裏であった。

まだ夏が終わったばかりだと思っていたのに、そこはすでに秋であった。湿り気のある落ち葉を踏みしめ、きりこは哀しい気持ちで歩いた。ブナの木の根元、土の柔らかい場所に、白玉を埋めようと思った。ここならたくさんの虫も集まるし、ブナの幹は立派であるし、白玉も寂《さび》しくないだろうと思ったのだ。

うやうやしくしゃがみ、すう、と息を吸い込んだそのとき、

「ニャア。」

声が聞こえた。きりこの、パスタのような愛らしい耳が、ぷるっと震えた。

「ニャア。」

黒い子猫は、今まで、ずっとひとりぼっちだった。

たまに、作業着を着たおじさんや、やんちゃな男の子たちが、ここを訪れることがあった。しかし、黒い子猫はじいっと、黙っていた。孤独を感じながらも、彼らに声をかけよう、という気は、毛頭起こらなかった。子猫は、その小さな頭でもって、自分にいずれ運命的な出会いが訪れる、ということに、どこかで気づいていたのかもしれない。でも、いつまでたっても、その「運命」は、彼の前に姿を現さなかった。

子猫は、妥協を許さない猫だった。飢えが辛《つら》くても、孤独が痛くても、自分が「分かった」と思える運命にめぐり合わなければ、動く気はまったくなかった。

彼は、ひとりぼっちと空腹を受け止め、死を念頭において、ここで生きていく決心をしていたのだ。そんなとき、きりこを見たのである。

「ニャア。」

自然に、声が出た。あれほど用心深く、誇り高かったその猫は、きりこの背中、女の子の割りに広くて大きなそれを見た途端、いてもたってもいられなくなった。

「猫⁉」

きりこは、白玉をぽいっと、地面に投げ捨てた。人類の歴史上、これほど扱いに落差のあった白玉が、あっただろうか。

「猫。」

はっきりと、目が合った。古くて使えなくなった平均台と玉入れの籠《かご》と、入場門の間に、その猫はいた。黒くて大きな目は、しっかりときりこを、見据えていた。

こうしてラムセス2世は世界で一番孤独な瞬間、生まれて初めて孤独を感じたきりこに、出会ったのだった。ふたりの「孤独」が、お互いを引き寄せたのである。


きりこのランドセルの中で、ラムセス2世は「学級会」というものを初めて目にした。

「何か報告することはありませんか。」

と言う先生の言葉に、きりこがぴん、ともみじの手をあげた。女の子は皆、びくっと、肩を震わせた。

昼休みが終わった後のきりこは、どう考えても様子がおかしかった。皆を怒鳴るでもなく、哀しそうな顔をするでもなく、瞳孔《どうこう》が開いたような、穏やかな顔をしていた。おばあちゃんの家へ行った際、無理やり手を合わさせられる仏壇の、誰か知らない年寄りのような顔を、きりこはしていた。不気味ではあったが、正直、皆、ほっとした。きりこちゃん、怒ってはれへんわ……。このまま何事もなく一日が終わればいい、と願っていた矢先の、きりこの挙手。

それは恐怖だ。この後に起こる出来事を想像して、皆は震えた。

しかし、皆の予想に反して、きりこはこう言った。

「うちは、みんなを、許します。」

皆、唖然《あぜん》とした。先生も、唖然とした。きりこは、それはそれは優雅な仕草で席につき、にっこりと笑った。きりこは、上機嫌であった。

彼女は、つやつやの白い玉を失った代わり、濡れたように光る、極上の黒い猫を手に入れたのだ。

きりこが連れ帰ったラムセス2世を見て、パァパとマァマも、胸を射抜かれてしまった。すぐさま、猫用のトイレ砂を買い、広くはない部屋にキャットタワーをそなえつけ、カラフルなおもちゃを買った。

ラムセス2世は、キャットタワーにも、動く鼠のおもちゃにも、興味はなかったのだが、自分を迎え入れてくれた人間たちの好意を、無駄にするのも仁義の通らない話だと思い、きゃっきゃと、はしゃぐふりをした。パァパとマァマは、そんなラムセス2世の姿を見、目を細めたが、ラムセス2世がもっとも好きなことは、きりこの口の中、難解きわまりないそれを覗《のぞ》きこみながら、世の不思議について、じっと考えを巡らすことであった。

きりこの住む団地は、ペット禁止である。

しかし、以前から近所を見ていると、ベランダをすい、と飛び越えていく猫の姿や、たまに「あほ」などと鳴く小型犬の声なども聞こえ、パァパとマァマも、ふわふわと毛むくじゃらの何かを飼いたくて、うずうずしていた。

猫はそもそも、ペットではない。手元にある辞書でペットを調べてみると、「①愛玩《あいがん》用の動物。②お気に入り。また、年少の愛人」とある。

笑止！　笑止です！

猫は愛玩《あいがん》用の動物ではないし、気に入られるようなものでもないし、ましてや、年少の愛人でもない。猫は伴侶《はんりょ》であり、人生の師であり、逞《たくま》しく寄り添ってくれる、友人である。なので、「ペット禁止」などと書いてあっても、猫のことを考慮に入れてはならない。壁紙で爪とぎをするから？　おしっこが臭いから？　猫にそんなことを言う前に、人間はちゃらちゃらと伸ばした爪を切るべきだし、立小便をやめるべきだし、わいろやだんごうやなかまはずれやばくげきを、やめるべきである。

自分たちがよほどひどいことをしておいて、ペットでない猫をペットと決め付け、あれやこれやを禁止するのは暴挙である。

ペット禁止である、ということを皆がさほど気にしなくなった原因のひとつに、元田さんの存在がある。元田さんは、きりこが小学校にあがる頃には、本格的に宗教活動にのめりこんでおり、朝な夕な団地内を徘徊《はいかい》しては布教を繰り返す、ということをしていた。

元田さんの、せっかく捕まえた夫はその頃には、会社の経理の地味な女の人を手籠《てご》めにしており、地味ながら、その若い肉体に溺《おぼ》れていた。そんなことをしておいて、猫の何やかやを禁止するなどというのは、やはりおかしい。

元田さんは、旦那が若い女に走ったのも、すべて自分の過去の悪行の報いだと考えていた。実は元田さんは、昔、相当悪いことをしていた。朝蜘蛛《あさぐも》も夜蜘蛛も、平気で踏み潰《つぶ》したし、妊娠している女の子のお腹を蹴《け》ったし、エレベーターに乗ったら自分の降りる階以外のボタンをすべて押したし、東南アジアから騙《だま》してつれて来た女の子を、法外に安い金で、働かせていた。心を入れ替えようと思い、背中の弁天小僧を消す手術をするためにした借金がかさみ、隣に住んでいたばあさんを騙して金をまきあげ、姿をくらました。結局刺青《いれずみ》は消えたが、悪い医者に当たり、引きつった火傷《やけど》の痕《あと》のようになってしまった。

そのときに働いていたスナックで出会ったのが、今の夫である。元田さんはすでに三十五歳だったが、二十六歳と嘯《うそぶ》き、背中の痕は昔家が燃えて家族を亡くしてしまったときの火傷の痕、という悲劇的な話に変えた。とてもではないが、自分の愛人に操を立てるため、同じ弁天小僧を彫ったとは言えなかったし、操を立てた相手は、人を刺して塀の中にいた。あと十八年は、出てこない計算だった。

そして「今日は大丈夫だから」と言って、狙い通り妊娠、釣った魚に餌をやらない、と言うが、釣った魚を餌にして、喰《く》らいつくように、この団地に越して来たのである。

善良な男だと思っていた夫に女が出来、元田さんは、いよいよ因果がめぐってきたと思った。元田さんの信じる宗教は「しあわせひろば」というもので、人生を大きな畑と考え、その畑が実り、立派であれば、人生も豊かなものになる、という教義を持っていた。お布施として入れられる金は金額によって「肥料」「田植え」「植樹」と呼ばれ、災厄を祓《はら》う様々な「稲穂」が高額で売られていた。

元田さんは、大声で「実りの歌」を歌い、「肥料」（その段階では）をやり、「仲間」を増やすとあなたの罪業が減る、と言われ、狂ったように家々のインターホンを押した。皆は覗き穴から元田さんを見ると、居留守を使ったが、元田さんは諦《あきら》めなかった。

「居留守を使うというのは人間の持っている罪業のひとつです。隣人を無視するあなたは、いつか必ず隣人に無視される。因果はめぐってくるのです。あなたの畑は隣人によって荒らされ、カラスに食い尽くされ荒廃したものとなるでしょう！」

元田さんの、かつてフィリピン人を怒鳴りつけていた野太い声でそう言われると、気の弱い人たちは思わず扉を開けてしまい、「邪気を祓う」「でべそが直る」などという稲穂を、次々に高額で購入させられた。

ちなみに、パァパとマァマも、「ハゲにならない稲穂」「耳垢《みみあか》がたまらない稲穂」をそれぞれ一万円で、購入してしまった。血走った元田さんの目と、背後にある、「ぷんぷん匂ってくるほの暗い過去」が、怖かったのだ。

「しあわせひろば」は、その教義の中で、「犬猫やロバ、馬、牛や魚、マレーバクやアメリカバイソンなどの人間以外の動物は、前世で悪行の限りを尽くした人間の、生まれ変わりである」という、ばかばかしい教義を謳《うた》っていた。畑を荒らす「動物」たちは、皆人間の人生を邪魔するものである、と言うのだ。畑の番犬であったり、畑を耕す牛などもいるはずなのだが、その点はうまいことしかとしている。そもそもそういう教義が出来たのは、教祖（「開拓者」と呼ばれている）が動物アレルギーだからというだけである。

「しあわせひろばですー。」

元田さんはいつも、甲高い声でそう言う。しかし、うっかり扉を開けてしまった誰かの家から、犬や猫の気配がすると、元田さんはくわっと目を見開いて、

「あなたは家の中に罪業を、地獄をお飼いになっているようなものです！　見てごらんなさい！　どうして彼らは四つんばいで歩くのでしょうか？　肛門《こうもん》を丸出しにしているのでしょうか？　公衆の面前で臆面《おくめん》もなくつがうのでしょうか？　それは彼らが、鬼畜だからです。」

と、延々と口上を述べる。その様はもはや人間の姿ではなく、元田さんの言うまさに「鬼畜」である。それと言うのも元田さんは、「しあわせひろば」の説教師、耕す人と書いて耕人《こうと》と呼ばれている人に、

「あなたの罪業はひどい。このままでいれば来世は魚の餌であるゴカイになる。そうならないためにも、少しでも多くの肥料、そして田植えと植樹を！」

と、言われているのである。必死になるのも無理はない。

無理はないが、団地中の人間が元田さんを疎ましがり、不気味がり、迷惑に思っている。元田さんが良しと言うものすべてが悪しきものに見え、元田さんが悪いと言うものが、良いものに思えてくる。なので、元田さんが悪いと言う動物、それを飼うのは逆にいいことなのではないか、という具合になる。犬猫は鬼畜ではない、ペットだ、と。違う、猫はペットではない！　しかし、今は譲ります。

ちなみに元田さんの来世はゴカイではない。人間だ。前世が大きめのホヤ、というだけである。

こういう状況なので、ペットと呼ばれる動物たちは団地内で、比較的自由に生活が出来た。コの字公園で呑気《のんき》に野糞《のぐそ》をしているミニチュアダックスもいたし、そのダックスの頭に水糞を落とすセキセイインコがいたし、そのセキセイインコを食べて巻糞にしてしまった三毛猫もいた。

ラムセス2世は、最初の二年は、部屋の中で、じっとおとなしくしていた。

パァパとマァマは、

「聞き分けのよくて飼いやすい、賢い猫ちゃんね。」

と言った。「賢い猫」以外はすべて間違っているが、ラムセス2世がふたりにそう見えたのは仕方がありません。

ラムセス2世は、本当に聞き分けの良い猫であった。人間の言葉を理解しているのだから当然だが、通常猫というやつは、言葉を理解していても、「言うことを聞く」という機能が発達していない。というより、「だめ」という言葉を、徹底的に理解することが出来ない。

「ここで爪とぎをしてはだめでしょう。」

と言われたら、ここで爪とぎをしてはだめなのだ、と分かるのだが、だめ、という言葉の意味を哲学的に考え始めてしまう。だめとは？　だめ？　だめって？　あまりに高速回転で脳みそを使うので、彼らは疲れ、とりあえず、よし、爪とぎをする。

「ああ！　また！　だからだめって言ったでしょうが！」

そんな風に、あなたたちは叫ぶかもしれないが、猫にとっては逆効果である。望ましいのは、

「ここでどうか爪とぎをしてください。」

と言うこと。猫は安心して、尻《しり》を振りながらどこかへ行ってしまう。

言っておくが、猫が天邪鬼《あまのじゃく》なのではない。だめ！　ときつく言われて疲れた脳みそと、どうか、と優しくお願いされて寛《くつろ》いだ脳みそ。もちろん後者の方がいい状態に決まっています。猫は常に脳みそをそういう状態に置いておきたいのだ。そのために爪とぎをしたり、糞をひったり、肛門を舐めるのである。

パァパとマァマは、そういった点において、理想的な同居人であったといって良い。ラムセス2世に、「○○してはだめよ」と言ったことが、一度もなかった。「この砂以外でおしっこをしてはだめ」「ここで爪とぎをしてはだめ」と言うのではなく、「この猫砂でどうかおしっこをしてね」「この可愛らしい板で爪とぎをしてくださいね」と、「頼む」のである。猫は、人間の懇願が好きだ。

ラムセス2世はおかげで、ゆっくりこの世の仕組みを考えることが出来た。そして、三歳までにはほとんどのことを理解してしまった。それは次のようなことである。

世界は、肉球より、まるい！

さて、ラムセス2世はそれが分かると、外に出るようになった。肉球より丸い、世界に。パァパとマァマは、はらはらしながら、ベランダをすり抜けていくラムセス2世を見守ったが、この世の仕組みが分かっているラムセス2世は平気であったし、きりこも、そんなラムセス2世の背中を押した。

「ラムセス2世、たくさん、お友達作るんやで！」

ああ、その言葉は、ラムセス2世のびろうどのような耳に、どれほど頼もしく響いただろう。きりこはラムセス2世を信じていたし、ラムセス2世も、きりこを心から信頼していた。ラムセス2世ときりこは、その日「下界」であったことや、新たに得た知識などを、ベッドの中で報告し合った。

「今日な、すずこちゃんが給食の牛乳を吐いてん。ぶうって。同じ班の男の子が笑かしたからなんやけどな、牛乳吐くのんなんて、恥ずかしいやろ。だからな、うちも、おんなじように牛乳ぶうって吐いてやってん。」

「ふごー。きりこさん、それは素晴らしいことやないですか。知ってますか？　昔ある国のお姫様が、城に国中の人間を集めて晩餐会《ばんさんかい》を開いたとき、フィンガーボールの使い方を知らん男が、緊張してそれを飲んでしもたの。」

「フィンガーボールて何？」

「ふごー。指の球です。肉球みたいなもんですよ。それでね、みんなはその男のことを笑うんですけどね、心優しいお姫様が、一緒にフィンガーボールを飲んだんですって。その男に恥をかかさんために。きりこさんはそのお姫さんとおんなじことしてるー。」

「指の球をどうやって飲むん？」

「きっと、こうね、薬飲むみたいに、ごくんごくんて、飲み込んだんです。」

「ふうん。うち、お姫様とおんなじことしてんの？」

「ぐるぐるぐる、そうです。きりこさんは、すずこちゃんに恥かかさんとこうとして、おんなじことしたんでしょう。牛乳、ぶうって吐いたんやろが。」

「せやねん。でもな、みんなうちのこと汚い！　て言うてん。すずこちゃんには言わんかったのに。すずこちゃんもな、うちが吐いたのん見て、泣いてもてん。」

「ぶぶぶぶ。そら、周りの人間があほよ。きりこさんの親切を分かってへんっつって。」

「先生にも怒られてん。すずこちゃんはわざととちゃうのに、きりこちゃんはわざとそんなことするって。」

「ぐるっ。そら、せんせいがあほですよ。せんせいって何？」

「あんな、うちらに勉強教えたり、歌教えたりしてくれる人。」

「ごー。そらあきまへん。人間の分際で、何かを誰かに教えようとするやなんて、ろくなもんやおまへんませんよ。」

「ほんま？　でも先生、字ぃ綺麗《きれい》し、歌も上手やで。」

「ほな言いますが、木に登れますか？　黒くて大きい鼠をつかまえられますか？」

「ううん、木登ったら怒りはる。あと、鼠は姿見ただけで逃げはる。」

「ほら見てみなさい、ろくなもんやない。何より、そのせんせいいう人は、長いこと眠ってられますかって思うじゃないですか？」

「ううん、寝てるのん見たことない。」

「見てみ、な、さい！　訓練した猫やったら、一日中寝ていられるんですよ！」

「寝てるのんが偉いのん？」

「ぐるぐるぐる、そうです。」

「なんで？」

「それは、完全に偉い。さて、今日、きりこさんはええことをしちゃった。肉球、飲むやなんて、猫でも出来ない。」

「肉球って、やらかいのん？」

「ぐるぐるぐる、そらやらかいんですよ。肉の球ですもの。」

「どんな味すんのん？」

「舐めてみますか。」

ラムセス2世は、きりこの口元に、そっと自分の肉球をあてがう。きりこは、胸いっぱいにその、日向《ひなた》の草むらのような、乾いた太陽の匂いを吸い込む。そして、可愛らしい舌を出し、ぺろり、と、そこを舐める。ざらざらした猫の舌とは違う、柔らかなその感触に、ラムセス2世はうっとりする。

きりこは、舌に残る太陽の味をいつくしみながら、自分が今日、世界でいちばん良いことをした女の子の気持ちになって、うとうとと眠りに落ちる。ラムセス2世は、きりこの堂々とした寝息を聞き、改めて、自分の幸福を思う。

そして、猫にとってはいちばん尊いこと、深い眠りにつくことを、試みる。それはすぐに成功する。

ラムセス2世は、大変賢い猫なのだ。

ラムセス2世は下界に出て一年もすると、自分の住んでいる街のことや、隣町、その隣の隣の、もっとずっと向こうの世界の隅々まで知るようになった。猫のネットワークは、インターネットよりも、ネットバンキングよりも、ネッキングよりも、優れているのである。

それぞれの街には、百歳を超える野良猫が一匹はいた。人間は彼らのことを「化け猫」などというが、ちっとも化けていない。彼らの姿は、猫のままだ。ただ、長生きなだけなのである。とはいえ、長く生きるということは、猫界においても選ばれた者にしか与えられない特権であるので、彼らは通常の猫よりも、優れている。人間の言葉は、各国網羅しているし、記憶力が尋常ではない。前々回の町長の爪の模様や性癖、のどちんこの形や肺の形までも、はっきりと口にすることが出来る。

ラムセス2世が住んでいる街の長老猫は、おぼんさんという。百年前に彼女が子猫だった頃、よくお盆の上に載って眠っていたからだ。当時の飼い主は脳溢血《のういっけつ》で急に死に、次にもらわれた飼い主は、何かをこじらせて死んだ。

「どっちもなかなかいい人間やったけどな、かかとが硬いのんと、わてが魚好きと思い込んでるとこが嫌やった。」

そう、おぼんさんは言う。おぼんさんの好物は茹《ゆ》ですぎた素麺《そうめん》とパスタである。ふたりめの飼い主が死んだ後は、野良として生きている。ここらへんは猫好きが多いので、食べるのには苦労しないそうだが、おぼんさんの好物をくれる人は、いまだいない。

おぼんさんや、各町の長老猫の知識は、人間が幅を利かせているこの世界で生きていくのには、大変貴重なものである。

「若い女にやって一番怒ることは、足を覆っとる薄い膜、すとっきんぐす、いうやっちゃな、あれを引っかくことや。すとっきんぐす。」

「おばはんらが一番好きなもんはな、喫茶店にあるのや。よう見てみい、いつもぎゃあぎゃあ言うて取り合っとるわ。あれは『おかいけいです』いうらしいで。」

貴重なおぼんさんの言葉や、年長の猫の言葉を、皆は心して、小さな脳みそに納めるようにしている。

ある年の長老会議。

「猫の額のような、て言うやろ。あれはな、ふさふさと芝生の気持ちいい場所のことー。

芝生の色が変わって模様になっとる庭は、キジトラの猫の額のような、いうことー。」

年若い猫たちは口々に「へえ!」「なるほど!」などと言い、興奮して、長老猫の周りをぐるぐる回る。若かりし日のラムセス2世も、その輪に参加していた。

次の年の会議。

「猫の手も借りたい、て言うやろ。あれはな、とっておき、いうことー。電化製品の高騰いうことー。ちなみに犬の手も借りたい、言うのはな、犬の手も借りたい、いうことー。」

年若い猫たちは口々に言う、「犬の手を借りたがるなんて!」「あの臭い肉球!」「硬い!」。ラムセス2世はその頃には、団地内の犬たちを手なずけることに成功している。臭いしうるさいが、なかなか可愛い連中だ、と彼は思っている。

次の年。

「猫に小判て言うやろ。あれはな、猫に小判あげませんか、いうことー。」

まだ年若い猫たちが「なんでもらわなあきまへんの」「小判て何」などと質問。長老猫たちは返事をせず、理の分かった大変賢い顔つきで、おもむろに体や肛門を舐め、くるりと丸くなって眠ってしまう。その姿は棚にあるぼたもちのように美しく有難いので、猫たちは、ほう、とため息をついて、一緒になって、くるりと丸くなる。

ラムセス2世はその言葉の意味を知っている。が、長老たちの権威を保つため、皆には黙っている。

ラムセス2世がどんどん行動範囲を広げていく最中、きりこに生理が始まった。十一歳、小学五年生の秋だ。

トイレで叫ぶきりこの、「ほおおおおおおお」という大声と、その後聞こえてきたマァマの「ほほほほほほほほほ」という笑い声は、ラムセス2世を面食らわせた。きりこの危機に駆けつけた彼は、トイレには入れてもらえず、扉の前でやきもきしているところだった。思わず、トイレの扉で爪とぎをしようと思った瞬間、出てきたきりこは、ラムセス2世を抱き上げた。

「ラムセス2世、うち、女の子から、女、になってん！」

女の子から女になった。

その神秘的な言葉に、ラムセス2世は感動してしまった。

その夜、恥ずかしそうなきりことパァパの食卓に、赤飯が載った。マァマだけ嬉《うれ》しそうにしていたが、後にそれが生理である、と知ったラムセス2世は、会議で堂々と、

「にんげんはしりから血をだすと赤いごはんものをたべる。」

と発表し、皆の尊敬の唸《うな》り声を、頂戴した。

「女」になったきりこだが、「女の子」のときのような楽しい毎日が続く、というようなことは、なさそうだった。

生理が始まっても尚、きりこは、こうた君に夢中であった。いや、生理が始まったことによって、より「女」としてのパワーを増したのである。もちろん、こうた君に夢中であるのは、きりこだけではなかったが、きりこの恋慕は、群を抜いていた。そのパワーがすさまじかったからか、奇跡的にも、きりこは小学校の六年間、こうた君と同じクラスであった。ちなみに、すずこちゃんとノエミちゃんは、三年生と四年生は離れたが、五年生でまた、同じクラスになった。六年生は、五年生から持ち上がりのクラスである。

まだ「女の子」だった頃、ラムセス2世を餌にしてこうた君を家に招いたが、今やこうた君はいっぱしの「男子」になっており、そんな手ではきりこの家に来てくれないどころか、皆の前で話しかけるだけでも、「うっとうしい」という顔をする。そのこうた君の「うっとうしい」という顔も、きりこの胸をぎゅんと掴《つか》む。これはまさしく、「大人の」恋であった。

こうた君が家に来たとき、まだ素直だった彼は、ラムセス2世の姿を見て、目を輝かせた。

「猫や！」

という、そのまんまの、当たり前の、子供らしい感想を述べた後、まだ小さかったラムセス2世の体を抱いたり、真っ黒い爪のついた手で、優しく体を撫《な》でたりした。きりこは、そんなこうた君にやきもきしていた。なんとか気を引きたくて、とっておきのドレスを着てみたり、エレクトーンで「アベ・マリア」を弾いてみたりしたが、こうた君はまったく、きりこには注意を払わなかった。きりこはまだ、「男心」が、分かっていなかったのである。

きりこはそれからも、飴《あめ》をあげたり、上靴を下駄箱から出して、履きやすくしてあげたり、体育のあと、タオルを差し出したり、献身と忠誠心を示したが、どれも、こうた君の胸には届かなかった。

眠れない夜を幾日も過ごし、きりこはとうとう、こうた君に自分の気持ちを打ち明けようと思った。

きりこが思いを告げる手段として選んだのが、手紙である。

こうた君への溢《あふ》れんばかりの思いを、きりこは駅前のファンシーショップ「れ、も、ん、そおだあ」で買った、ピンクの花模様の便箋《びんせん》にしたためた。そばにはもちろん、ラムセス2世が鎮座している。時折筆を止め、悩んでいるきりこに、的確なアドバイスなどもする。

何度も言うが、ラムセス2世は、とても賢い猫なのである。

「きりこさん、ずっと前からすきでした、より、以前から長らく思いを寄せていました、の方が、ぐっとくるのではおまへんですか。」

「思いをよせる？　よせるって、どんな漢字書くん？」

「ひらがなでよろしやありませんか。漢字は黒いしっつって。」

「でも、きりこは大人の女になったんやから、ぐっと大人っぽく書きたいねん！」

「ほんなら、その、ディアーこうたくんハート、いうのん、こうた様、とかに変えたほうが良いんじゃおまへんですか。」

「でも、でも、このハートはきりこの思いがいっぱい詰まってんねん！　ハートは絶対描きたいねんもん！」

試行錯誤の末、出来た手紙が、以下のようなものである。

『ディアーこうた様　ハート
ふく風に冷たさ感じる今日このころ、こうたさんはいかがお過ごし？　ですか？
このてがみは、わたしの部屋でかいています。わたしの部屋は、窓がひとつあって、本棚がひとつあって、ハートの大きなクッションがあります。ひとつ。わたしの机の上には、運動会で一位取ったこうた君の写真が、かざってあります。

わたしの部屋はそんなんです。


こうたさんのことを、以前からながらくおもいよせてました。

こうた君はすきな人がいますか。わたしですか。

こんどふたりであってください。ラムセス2世もよろこんでいます。ラムセス2世はわたしの猫です。にゃあ、と鳴きます。おぼえていますか。

だいすきなこうたさま　　敬具」


当時のきりこにとって、この手紙は渾身《こんしん》の作だった。だらだらと長くないし、かといってそっけないものでもない。こうた君への溢れんばかりの愛情を、きちんと伝えつつ、ウィットにも富んだ、手紙。

きりこは眠れない夜を過ごし、次の日早く、こうた君の下駄箱《げたばこ》に、その手紙を入れた。封筒にもたくさん、ハートマークを描いた。

小学校の下駄箱には、扉がない。

こうた君の、かかとを踏んだ上靴（それにもきりこは、心をわしづかみにされていた）

の上に置かれた、ハートがたくさん描かれたピンク色の封筒、は、目立たない訳がない。こうた君はいつも、遅刻をして来るか、始業のチャイムぎりぎりに来ていたので（その不良ぶりにも、きりこはもちろん夢中であった）、こうた君が手紙を手にするまでに、数十人の同級生たちに見つかっていた。

赤ちゃんのできる仕組みを暗い体育館で教わり、男子と女子に分かれて自分たちの体のあれやこれやを知ったばかりの、男子だ。ピンク、や、ハート、などには特に敏感になっていた。それに、きりこが休み時間の度に可愛らしいポーチ、それはマァマが作ってくれたものだが、それを持って、いそいそとトイレに行くのを見ていた。

「あいつせいりや。」

きりこの他にも、生理になっている女の子は数人いた。しかし、皆きりこのように分かりやすいピンク色のポーチを持ってトイレに、などということはしなかった。ブルマとパンツの間に、ナプキンを数個詰め込んでおいたり、周りを友達の女の子に囲ってもらいながら、こっそりランドセルから、ハンカチに包んだナプキンを取り出していたりした。

なので、ここ最近の男子たちの好奇の目は、一身に、きりこに注がれていた。

その最中の、ピンクの手紙。

きりこの手紙は、こうた君に見つけられる前に、黒板に貼られていた。

クラス中が、大騒ぎになった。その日こうた君は、いつものように始業のチャイムが鳴る直前に、教室に入って来た。こうた君の姿を見た男子は、大声ではやしたて、あろうことか、皆の前で、きりこの手紙を朗読し始めた。

ラムセス2世が指示した、少しばかり高度な文章は、もごもご言いながら誤魔化し、最後の文章は、皆で声を合わせ、朗々とした大声で、叫んだ。

「だいすきな、こうたさま!」

もちろん、「敬具」は、読めなかった。

きりこは、黒板に自分の手紙が貼られている、と知ったときから絶望していた。でもそれは、まだまだ余裕のある、絶望だった。

ああ、なんて幼稚なん! 人の恋に首を突っ込むなんて!

きりこは、大人だったのである。

クラスで一番目に生理になった「女」だ。男の「子」たちの、そんな幼稚なからかいには、さしたるダメージを受けなかった。黒板から手紙をはがすことも、もちろん考えた。はがして、くるりと皆を振り返り、

「こんなことして、楽しい？」

とかなんとか、大人の女らしい、クールな一言を言ってやろうと、準備もしていた。

しかし、心のどこかでは、皆に手紙を読まれたことで、自分のこうた君への気持ちを、堂々と宣言することが出来たし、他の女子たちへの牽制《けんせい》にもなったと、思わないこともなかった。その証拠に、クラスの女の子たち、こうた君に「思いを寄せて」いた女の子たちは、「手紙で思いを伝える」というきりこの大人なやり方に、少し尻ごみしていた。こうた君の隣の席になっただけで眩暈《めまい》がし、保健室で休んでしまう女の子もいるのだ。

「ながらくおもいよせてました」なんて、思いもつかなかった！

ああ、きりこちゃんは、やっぱりすごい！

すずこちゃんも、さえちゃんも、ノエミちゃんも、そう思った。

そのときだった。こうた君が、声変わりをしていないのに、他の男子より低い声で、こう言ったのだ。

「やめてくれや、あんなぶす。」

教室中が、静かになった。

それは、凪《なぎ》の日の海のような、不気味な静けさだった。

しかし、一瞬の静けさ、の後、教室中は、わっと花火が打ちあがったような、大騒ぎになった。皆さんは、覚えているだろうか。子供たちはいつも「酔っ払っている」ようなものので、それは十一歳くらいまで続く、と。

今、クラスの皆は、まさにその、十一歳になろうとしていた。

おぼろげながら、赤ちゃんがどうやって出来るのかを知るようになり、何人かの女の子には初潮が訪れ、実はあと半年もすれば、こうた君とあと数名の男の子に、陰毛が生えてくる。

彼らは「酔っている」状態から、徐々に醒《さ》めつつあったのだ。

そんな折の、こうた君の一言。きりこは、**ぶす**だということ。

皆の魔法、「うっとり」の魔法は、それで、一気に醒めてしまった。

そうやんな。きりこちゃんって、きりこちゃんって……、

ぶす、やわ!

皆は、呆然《ぼうぜん》と立ち尽くしているきりこを、見た。

いつかきりこが吐き出した白玉のような、ぶよぶよとした頬、ナイキのマークを逆にしたような小さな、小さな目。存在感のありすぎる釣鐘のような大きな鼻と、放送禁止のモザイクのような、ごちゃごちゃとした口周り。

ぶすだ。

完全な**ぶす**、だ。

なのに、あの恰好《かっこう》はどうだ。首の後ろで結ぶタイプの、大きなリボンつきのピンクのドレス、きらきら光るビーズのついた、淡いオレンジのカーディガン。ポニーテイルに貼り付いている、ワンピースと同じ素材の大きな、リボン。

男の子も女の子も、少しばかりの「女」も、完全に目が覚めた。

じわじわとくすぶらせていたきりこへの「納得出来ない」感じは、ここへ来て、きりこは**ぶす**だ！　という結論へ落ち着いた。落ち着いてしまった。

きりこは、何も言えずにいた。

大好きな大好きな、この世に生まれて、パァパとマァマ、ラムセス2世の次に大好きになった人に、生まれて初めて、「**ぶす**」と言われたのだ。

ぶす？　うちが？

きりこの「女」としての人生は、こうして、不幸なスタートを切った。

きりこは、毎日、自分の顔を鏡で見るようになった。

とは言え、「女の子」の時代から、きりこは自分の顔を見るのが、好きだった。しかしそれは、覗けば必ず、そこに「可愛いきりこちゃん」がいると、分かった上での行為だった。

こうた君に「**ぶす**」と言われてから、きりこは、違った意味で、自分の顔をまじまじと見るようになったのである。

うちの、どこが**ぶす**？　目？　鼻？　口？

きりこは、本当に本当に落ち込んでいた。最初の数週間は、「可愛い」と思っている子に対して、恥ずかしいから「**ぶす**」だなんて言ってしまう男の子も、いるのではないか、という推測を立ててみたりしたのだが、その後のこうた君の態度、確実にきりこを避けるそのやり方に、きりこは徹底的に、傷ついた。

こうた君は、うちのことほんまに、**ぶす**と、思ってる。

きりこは、泣いた。ただの失恋ではない。生まれて初めて、自分が**ぶす**であるということを、強制的に知らしめられたのだ。

しかし、鏡を覗いても覗いても、きりこの結論は、こうだった。

うちのどこが**ぶす**なんか、まったくわからへんわ！

無理もない。生まれてから、パァパとマァマに、ずっとずっと、ずっとずっとずっと「可愛い」と、言われ続けてきたのだ。皆にも「うちのこと、可愛いやろ？」と言い続けたし、皆も、「可愛い」と、言ってくれたのだ。十二年目の今、自分が**ぶす**であることなど、まったくもって、認められなかった。

しかし、きりこの意識とは裏腹に、周囲の反応が、確実に変わっていった。

「あんな**ぶす**」事件から、男の子たちは、ことあるごとにきりこに対して、「**ぶす**」という言葉を使った。ぶつかりそうになると、「危ない！　**ぶす**がうつる！」と騒ぎ立てたり、もっと心ない子になると、ポーチを持って立ち上がったきりこに、「生理の**ぶす**！」と叫んだ。

女の子たちは、前々から持っていた、きりこに対するモヤモヤした気持ちが、やっと分かった、という具合に、落ち着いていた。女の子であるし、面と向かって「ぶす」と、きりこに言う子などはいなかったが、心のどこかで、「きりこちゃんはぶすの癖に威張っていた」という思いがあった。それに加え、親たちの執拗《しつよう》な「きりこちゃんと仲良くしてあげてね」の言葉を思い出し、今さらながら、それに反発した。そのことに関して、きりこに非はまったく、ないのだが、皆の親への幼い反発の先に、きりこの存在があった。

きりこは、皆から、疎まれるようになった。

きりこルールの遊びなど、しなくなったし、きりこの誘いに応じる者も、少数しか、いなくなった。きりこでさえ、にぶい、と思っていた、さえちゃんや、みさちゃんである。二人とも、生理が早く来た女の子たちであったが、つながった太い眉毛《まゆげ》のみさちゃんや、蚊の刺され痕がびっしり足を覆っているさえちゃん、とにかくぶでぶでと太ったふたりは、六年生にしてすでに「おばさん」の雰囲気をたたえていた。そしてふたりは、早くから自分たちが「にぶく」「可愛くない」ことに気づいていたので、なるべく目立たないようにする、誰かに頼まれたら「いや」と言わない、などを心に決めて、今まで生きてきたのであった。

さえちゃんとみさちゃんと一緒にいるのが、嫌だったわけではない。しかし、きりこは、ふたりのまったく卑屈な態度や、長縄を回し続けているだけのときのような表情のなさに、面食らった。何よりどうして、**ぶす**と言われたあの日から、さえちゃんとみさちゃんしか、自分の言うことを聞いてくれなくなったのか、訳が分からなかった。

きりこは、失恋しただけではない。

華やかであった自分の「少女時代」を、徹底的に失ってしまったのである。

代わりに、今まできりこの陰に隠れていた、すずこちゃんやノエミちゃん、が、クラスの中でも目立った存在になってきた。

ふたりは、可愛かったのだ。

すずこちゃんが昔、給食時間に牛乳を吐いた事件があったが、あれは、同じ班の男の子が、すずこちゃんを笑わしたからである。すずこちゃんは、恥ずかしさのあまり泣いたが、男の子は、思い出した。

俺、なんで、すずこだけ笑わしたんやろ。他にも人は、おったのに。

そうや、あいつ、可愛いんやもん。

可愛いもんやから、気ぃ引きたかってん。

すずこちゃんを助けようとし、一緒に牛乳を吐いたきりこであったが、そんな英雄的行為も、皆の記憶の中では、「牛乳を吐いてしまった可愛いすずこちゃん」と、「同じく牛乳を吐きくさった、**ぶす**のきりこ」という具合であった。

皆、すずこちゃんやノエミちゃんの、ぱっちりとした目、すぅ、と形のいい鼻、小さくて愛らしい唇の魅力に、気づき始めたのである。いや、思い出したのである。酔いが醒めたからだ。

「女」の魅力に気づいた男の子から順に、陰毛が生え出し、下半身の生理的な現象を、意識するようになった。「男」は、ますます可愛い女の子を目で追い、いつしか、きりこがぶすであることなど、どうでも良くなった。ぶすをからかうより、可愛い女の子たちの気を引くことの方が、重要になってきたのだ。

すずこちゃんやノエミちゃんは、六年生の夏と秋に生理が来たが、生理の来訪は、ふたりをますます輝かせ、膨らみ始めたノエミちゃんの胸、当時ですでにCカップあったのだが、それは、男子生徒の視線を釘付《くぎづ》けにした。

きりこの代わりに、女子のリーダーとなったのが、あずさちゃん、という女の子である。皆から「可愛い」と言われているすずこちゃんやノエミちゃんは大人しく、リーダーになれるような器ではなかった。しかし、その謙虚さ、遠慮がちな美少女、というのが、日本において一番の「人気者の要素」であることを、ふたりは後々知ることになる。そして、それを駆使するようになるが、それは往々にして、「ぶりっこ」というレッテルを貼られかねない。彼女らは女性の間では、あまり好評を博さなくなる。

あずさちゃんはその点、女子からの絶大な支持を得ていた。すらりとした足、それはまったく小枝のようであったが、その足で、ジーンズを穿《は》きこなしている様や、長い髪を、きゅっとポニーテイルにしている潔《いさぎよ》さ、男子よりも高い身長を隠すことなく、体育でも活躍している様子などが、皆の心を掴んだ。今まで彼女の存在に気づかなかったのが、あほであったとでも言うように、皆は一斉に、あずさちゃんを取り巻くようになった。あずさちゃんは、きりこのように「自分のルール」を作らず、男子に対して媚《こ》びることなどもなかったので、ますます、皆の人望を集めた。

きりこは、そのときまだ、自分の**ぶす**の要素を、考えあぐねていた。

ナプキンの扱いにはすっかり慣れたたし、たまに男の子たちがもぞもぞと、自分の股間《こかん》を触ることの理由も分かっていたし、ラムセス2世と眠っている最中、パァパとマァマの搾《しぼ》り出すような唸り声も聞いた。もうすぐ中学に、入る。

でも、どうしても自分が**ぶす**であることが、分からなかった。

うちのどこが**ぶす**?　どこが?

それを教えてくれる人は、いなかった。

パァパとマァマにそう聞けば、何言うてるのきりこちゃんはほんまに可愛い世界で一番可愛い、と、夢見心地でまくしたてるし、彼らの「本気」さは、きりこにも伝わった。何度でも言うが、パァパとマァマは、きりこのことを本気で、世界で一番可愛い女の子だと、思っていたのだ。彼らの愛情を、誰が責められるのですか。

ラムセス2世のことは、大変に信頼しているが、猫だ。猫界のぶすと人間界のそれでは違うだろうと、聞く前から諦めてしまった。

しかし、実はラムセス2世こそが、きりこのどういうところが、「人間界の中でのぶす」であるか、皆がきりこのことをどう思っているか、ということを、誰より的確に、冷静に、客観的に、頭脳明晰《めいせき》に、リリカルに、答えることが出来た。

しかし、ラムセス2世は、きりこにそれを教えることをしなかった。きりこが、きりこのやり方で、いつか知るべきであると、思っていたからだ。

ラムセス2世は、代わりに、きりこが、「猫の間では」どれほど優れた人間であるかを、教えた。

「きりこさん、きりこさんのその歯はね、猫にとっては、ほんまにうらやましいんです。猫は肉を嚙み切る、いうことしか出来まへんですが、きりこさんのそれは、嚙み切るほかに、すりつぶす、滅多刺しにする、どこへ転がるか分からない、追い詰める、なんか丸い、ということが出来る。何より、きりこさんの歯はね、この世の不思議そのものなんです。難解で、優しくて、残酷で、堂々としていて、なんか丸い。」

「きりこさんの手、見てください。こないに優しく猫の毛皮を撫でる手はありません。小さい爪は心地いい刺激に、手相のぼこぼことした起伏が、筋肉を優しく、ほぐすし、それはまるで、草むらのアイスホッケー。」

「きりこさんの鼻の穴の、堂々としたこと！　猫のちんまい鼻の穴が、恥ずかしいくらいです。おまえの鼻の穴から送られてくる空気は、飛行機よりも、白い！」

きりこは、ラムセス2世の優しさに、感謝した。しかし、きりこの頭の中は、ひとつのことでいっぱいであった。

うちの、どこが、**ぶす？**

きりこを徹底的に落ち込ませてしまった張本人、こうた君であるが、きりこに恥をかかせた挙句、女の子である彼女、に「**ぶす**」とまで言ってしまったことに、少なからず罪悪感を抱えてはいたが、自分の紳士的な未来より、あの瞬間、皆の辱めを回避することのほうが、重要であった。無理もない。子供にとって、特に大人になりかけている男の子にとって、同性のからかいや、誹謗《ひぼう》中傷や、あざけりは、耐えられないものなのだ。

急に静かになってしまったきりこを見て、最初の数ヶ月は、彼も小さな胸を痛めはしたが、日が経ち、皆、特に男子がきりこの存在を忘れ、「可愛い」女の子に夢中になってしまった頃には、自分がした過ちのことも、少しずつ忘れていった。

何より、こうた君も、恋をしてしまったのである。

彼女は、年上であった。みっつ。地元の中学のセーラー服、スカートをうんと短くして、いつもこうた君の家の前を通って帰った。

短いスカートから伸びた足、健康的な筋肉を見せつけるようにして歩くそのやり方、校則を破っている、肩よりも長いさらさらとした髪、色の濃いリップクリームをつけたつやつやとした唇、それらに、こうた君は心を射抜かれてしまった。

何より、ああ彼女は、可愛かった。とても、可愛かったのだ。

六年生にして、みっつ上の女性に心惹《ひ》かれる、というのも、こうた君がいかに大人びた男の子であったかを、物語っている。が、どうせ大人びているのであったら、きりこ、あの繊細で優しい女の子を傷つけずに、彼女の恋を終わらせるべきだった。しかし、こうた君の恋も、きりこ同様、いや、もしかしたら、きりこよりももっとひどい傷を負って、終わるのであったが。

ある日こうた君はとうとう、名も知らない、彼女の後をつけることにした。手紙で思いを告げる、などという、大それた真似はしなかった（そもそも、きりこからもらった手紙によって、きりこのことを傷つけてしまったのだから）。彼は、彼女に思いを告げようなどとも、思っていなかった。その点においては、彼はまだまだ可愛らしい「男の子」であったのだ。彼女がどこに住み、どんな景色を見ているのかを、知ることが出来たら、それで十分であると、思っていた。

その日こうた君は、クラスの友達と小学校前に出る、駄菓子の屋台でたむろしていた。金曜日になると現れ、型抜きやあんず飴などを売っている、みすぼらしい屋台であったが、月曜日発売のジャンプを、金曜日にすでに発売しているということで、男子生徒に人気があった。歯の抜けた口をにい、と開き、地球儀のような頭をいつも撫でている屋台の主人のことを、皆は、ジャンプのおっさんと呼んでいた。

こうた君が、そこで買ったばかりのジャンプをむさぼり読んでいるとき、ふと、胸に響くものがあった。ジャンプに夢中になっているときは、他に意識が向かうことなど皆無なのだが、そのとき彼は、野生のインパラ、草を食《は》んでいる彼らが、ふと気配に気づいて顔をあげるときのような、敏感さを見せた。

あの女の人（中学生でも、こうた君にとっては、女の子ではなく、女の人であった）が、目の前を歩いていたのである。

恋をすると、人間もある程度「野性」に戻る。忘れていた能力を、目覚めさせるのだ。夏になると大胆になる女が多い、という人間であるが、あれは、肌の露出が増えることによって太古、裸で暮らしていたときのことを思い出し、野性を目覚めさせるからだという。人間というのは、まこと滑稽《こっけい》で、愚かな生き物である。へきえきです。

しかし、ここでは、太ももである。きゅっとしまった足首である。ぷるぷるとした唇と、少し日に焼けたうなじと、いい匂いのしそうな、膝の裏である。

彼女を見て、こうた君は、胸がどきどきいうのを、抑えられなかった。ジャンプもそこそこに、その場を離れ、数十メートル後ろから、彼女をつけた。

十分後、同級生が、ジャンプを取り合い、感嘆の声を上げているころ、彼は彼女の家を突き止めた。

そこは、見慣れた団地だった。友達が何人も住んでいたし、彼は忘れているのだが、小学校一年生のときすでに、ここには来ている。

そう、それは、きりこの住む団地であった。

そして、こうた君が好きになってしまった「女の人」というのが、出井ちせちゃん。

数年後にAV女優になる、あのちせちゃんである。

ちせちゃんは、すでにその頃から体中に官能の匂いをまつわりつかせて、歩いていた。短期間のバレエによって作られた柔らかい体を、すでに男性との性交に活用していたのだ。中学二年生。当時の同級生たちは、まだ誰も、ちせちゃんのような体験をしていなかった。彼女は早熟であったし、十四歳と八ヶ月にして、興味本位で始めた性交の魅力を、存分に分かっていた。

彼女の相手は、駅前にある高校の男子生徒や、塾講師の大学生、などであったが、彼らの中には、十四歳と八ヶ月の彼女の性欲を、十分に満足させられる男はいなかった。彼女は、もっと、大人の男性を求めていた。素晴らしい技と、下半身を持つ、大人の男。しかし、今の彼女のやり方では、そんな男には、なかなか出会えそうになかった。そこで数年後、彼女は出会い系サイトに望みを見出《みいだ》すことになる。

純情なこうた君が嗅《か》ぎ取った彼女の魅力は、すでに「女」になっているちせちゃんの、大人の匂いだった。後々、ちせちゃんの異性関係、つまり官能関係に触れ、こうた君は辛《つら》い失恋をすることになるのだが、そんなことも知らず、こうた君は、ちせちゃんの揺れるふくらはぎを、じっと見つめており、一方A棟の二階では、こうた君がそばにいるとも知らず、きりこがじっと、鏡を見つめている。

自分のぶすの理由を分からないまま、思いがけず大好きな人のそばで、じっと、じっと、鏡を見つめているのである。

きりこは二年間ほど、鏡を見つめ続けた。

頬を引っ張り、唇をすぼめ、目を見開き、耳を隠し、小鼻を苛《いじ》めた。しかし、どれほど触っても、そこにあるのはきりこそのもので、そこに、**ぶす**の要素はなかった。そもそも、きりこにとって**ぶす**とはどういうものであるか、分からなかった。

みさちゃんとさえちゃんの、鈍くさい感じ、だらりとだらしのない体は、なんとなく「だめ」な要素をはらんでいるとは思うのだが、ふたりの顔を見ても、それはただの「みさちゃん」と「さえちゃん」で、彼女らのどこに**ぶす**の要素があるのかは、分からなかった。

きりこにとって、すずこちゃんは他の誰でもなくすずこちゃん、ノエミちゃんは絶対にノエミちゃん、みさちゃんは間違いなくみさちゃんで、さえちゃんは、まがうことなくさえちゃんである、というそれ以外に、重要な事実などなかった。

しかし、中学にいる間、きりこと、すずこちゃんやノエミちゃんのような女の子たちの間には、周囲の態度の違いがますます歴然としてきた。クラス替えで、すずこちゃんの名前を見つけた男子生徒が、同じクラスになれたことを喜んでいるのは見たが、きりこの隣の席になったことを喜んでいる男子生徒は、ひとりも見なかった。ノエミちゃんの机には、「かわいい」などの落書きが、誰かによってされていたが、きりこの机には、「ぶす」という、カッターの傷しかなかった。みさちゃんやさえちゃんのような、立派な体型にもかかわらず、皆からその存在を忘れ去られているような女の子たちだけ、きりこの周りに集まった。その子たちが嫌いだったわけではないが、背中を丸めるようにしてお弁当を食べることや、みさちゃんの描く漫画を見て過ごすだけの休み時間には、耐えられなかった。

きりこは、ドレスが着たかった。

レモンイエローのドレス、ふわふわと風に揺れて、パフスリーブが二の腕に優しくて、腰のリボンが優雅そのもので。

あの、入学式で着たドレスを、いつまでも着ていたかった。

なのにどうして、放課後、可愛らしいワンピースを着て、町を歩いているきりこが、知らない男の子に、こう言われるのだろう。

「うわ、あれ見てみ。えらいぶすのくせに。」

ピンクのギンガムチェックは、すそについたレースは、丸いボタンは、こんなに、こんなにも、可愛いのに。

家で、何時間でも鏡を見続けるきりこを見て、パァパとマァマは、思春期に入ったきりこが、何か思い悩んでいるのだと思った。どれだけ可愛い女の子であれ、思春期に入れば、「今よりもっと可愛くなりたい」と願うものだ。きりこも、もしかしたら、好きな男の子でも出来たのかもしれない、そんな風に思っていたが、きりこがすでに、心臓を抉《えぐ》り取られるような失恋をしたことや、彼女の環境がどれほど激変したのかを分かってやることは、出来なかった。

きりこは、じっと鏡を見続けることはしたが、それ以外では、いつもの「きりこ」であったのだ。少し気まぐれで、わがままなところもあるが、心根の優しい、世界で一番可愛いきりこ、その人であった。

きりこは家の中で、生まれたときから変わらない態度でいたが、自分をお姫様のように敬ってくれるのは、もはやパァパとマァマ以外にいないことを、分かっていた。マァマの作ってくれる料理はおいしかったし、パァパがくれる優しいまなざしは、彼女の体を温めたが、彼女が家で笑っていられるのは、ふたりの前だけだった。

部屋に戻ると、物言いたげに、鏡の中からじっとこちらを見ている自分と、そして、ラムセス2世がいた。きりこは、ラムセス2世にだけは、自分が学校でどんな風に過ごしているか、自分の顔を鏡で見続けている理由を、話した。彼には、笑ってみせなくても良かった。

猫には、「笑う」という機能がないのだ。

びっしり生えそろった歯を見せて「笑う」人間のことを、猫たちは軽蔑《けいべつ》していた。しかし、きりこだけは別だった。きりこが笑うと、あの歯、難解で冒険心をあおられるそれが見える。猫たちはそれが見たくて、度々A棟の周りに集まったものだ。

「あの、歯！」

「あの、影！」

口々にそう言って、卒倒までしてしまう猫たちを見て、ラムセス2世は、誇らしかった。

きりこが話してくれることの大半を、ラムセス2世は、きりこに聞く前から、「分かって」いた。今や、ラムセス2世の犬をも使ったネットワークは、町中を席巻《せっけん》していたし、そもそもそんなネットワークを駆使せずとも、きりこのことは、どんなに離れていても、何でも分かった。どうして分かるのかが、分からないだけだ。

鏡を見続けるきりこを、ラムセス2世も見続けた。きりこは、ため息をついたり、泣いたりすることはなかったが、きりこの体から立ち上《のぼ》ってくる、湿り気を帯びた影は、ラムセス2世の毛皮を濡《ぬ》らし、髭《ひげ》を震わせた。

きりこが鏡を見つめているとき、ラムセス2世は彼女に話しかけることをしなかった。きりこにとっては、自分の**ぶす**の理由を探る、という、辛《つら》い時間であったかもしれないが、きらりと冷たく光る鏡と、しんと静まり返った空気、そしてきりこから漂ってくる湿り気を帯びた影、それらは、ラムセス2世を神聖な気持ちにさせた。まるで、きりことふたりで、世界のために何か良いことを考えているような、厳《おごそ》かな気持ちになるのだった。

休み時間になると、きりこは、みさちゃんとさえちゃん、他の少し太めの女の子たちに囲まれていた。すずこちゃんやノエミちゃん、他の女の子たちは、きりこの存在、そしてきりこに付き従っていた過去を、忘れつつあったが、みさちゃんやさえちゃんのような「可愛く」ない女の子たちは、まだきりこを尊敬していたし、ずっと誰かの言うことを聞くことに慣れていたので、リーダーとして、彼女を求め続けた。

学校での実質的な女の子のリーダーは、相変わらず、あずさちゃんであった。彼女はバスケットボールに夢中で、休み時間はいつも体育館にいた。色のついたリップを塗ったり、髪の毛にパーマを当てだした女の子たちの中で、焼けたままに任せ、髪の毛をずっとポニーテイルにしている、潑剌《はつらつ》としたあずさちゃんはひときわ輝いていたが、あずさちゃんの魅力を分かる男子生徒は、滅多にいなかった。それどころか、自分より背が高く、運動の出来る女の子、には、少なからず劣等感を覚えるのか、逆にあずさちゃんを避ける男の子の方が、多かった。

男の子の、「自分より能力のある女性を避けたがる」傾向は、多分にある。大人になっても、それは変わらない。自分より給料の多い女、自分より頭のいい女、自分より人望のある女、を、男は避けたがる。自分が惨めになるからか、女には尊敬される自分でいたいからか、とにかく人間の男のそんなこだわりは、猫にとっては、干からびたミミズの死骸《しがい》を玩《もてあそ》ぶことより、つまらない。

雄猫が雌猫を選ぶ基準は、「尻の匂いがいい具合か」、それだけだ。

どんなに嫌われ者の雌猫であろうと、自分より体軀《たいく》の大きい雌猫であろうと、ふと嗅いだ尻の匂い、それが自分の胸を打ったら、そこから恋が始まる。残念ながら、その恋は性交をした段階で、あっさり終わってしまうが、元田さんのように、「ほら、そういうところが鬼畜なのだ」などと、言ってはいけない。

私に言わせれば、人間の男も、そうだ。男が恋に「落ちている」のは、性交をするまでだ。一度でも二度でも、性交をした後は、恋を「続ける」ことに力を注ぐ。そうしないと、女に「鬼畜」と、言われるからだ。本当は、避妊具のない、たった一度の性交で、十分だ。その後は、また違う女とそれに励み、ひとりでも多く、自分の遺伝子を残したい。のだが、現実が、社会が、そうさせてくれない。

干からびたミミズの死骸よりも、つまらない倫理を持っている人間の男だが、本能を隠し続けなければいけないという、その一点においては、同情に値する。

どうせ、一度性交して逃げられないのであれば、男の女を選ぶ基準は、限られてくる。猫のように、「尻の匂いの具合がいい」だけでは、簡単につがえない。

では、男は、どういう女を選ぶのか。

可愛い女である。

女は、可愛ければそれでいい、と、言い換えることも出来る。

俺より体が大きくなくていい、俺より給料をもらっていなくていい、俺より仕事が出来なくていい、俺より酒が強くなくていい。あらゆる点において、俺より能力が劣っていて、それで、少し下から、可愛い顔で、俺を見上げてくれれば、それでいい。たまに、「○○君って、すごいのね」と、可愛らしい、つやつやした唇で、言ってさえくれれば、俺は君のために、「新しい尻」、いやさ、新しい女性の体を、あきらめよう。男は、そう思っている。

その頃猫は、次々と新しい尻の匂いに、恋をしている。

その様子は、少し乱暴ではあるが、颯爽《さっそう》としている。

ある日、みさちゃんが、また新しく描いた漫画を持ってきた。みさちゃんが漫画を描き出したのは、六年生になった頃だったが、その頃はまだ、誰にも漫画を見せることはなかった。強烈な恋愛物語で、主人公の女の子がくちづけをしたりするシーンもあるので、恥ずかしかったのだ。しかし、中学に入ったある日、雑誌に投稿した『初恋★まじっくりありずむ』が佳作になったので、嬉しくなったみさちゃんは、とうとう作品を皆に披露することにしたのだった。

みさちゃんの漫画の主人公は、「みさえ」や「みぃさ」といったような、みさちゃんを匂わせる名前であることが、通例であった。その女の子が、目の覚めるような綺麗《きれい》な男の子に言い寄られたり、くちづけをしたりする。みさちゃんの願いが表れているのは、言うまでもない。

くちづけで始まった彼女の性描写だが、それは徐々にエスカレートし、彼女が十七歳でデビューする頃には、主人公「みさ」(彼女は、すでに名前を変えることさえしなくなった）が、モナコからやって来た大金持ちの白人男性（目の中に星が八つある）と、あられもない性交に励む、というものになっていた。彼女は人気を博し、処女たちの教祖のようになった。

しかし、まだ中学生の頃は、みさちゃんの性描写はくちづけに留《とど》まっていた。さえちゃんや他の女の子たちは、興奮しながらそれらをむさぼり読んだが、きりこは、違う点において、みさちゃんの絵に、釘付けになった。

その漫画の主人公は、「みぃさ」だった。みさちゃんと同じように、髪の毛を三つ編みにし、中学で着ているのと同じタイプのセーラー服を着ていた。カバンにつけているマスコットも同じだし、手首に赤いゴムを巻きつけているのも、一緒だった。ただ、ひとつ違うところがあった。

顔だ。

みさちゃんの描く「みぃさ」は、みさちゃんとまったく、違う顔をしていた。

みさちゃんの、顔。目は、きりこに似ていると言っていい、刺繍《ししゅう》糸のクズが、ぽろりと落ちているような、細くて小さな目、存在感のありすぎる鼻、口元だけは普通、きりことは違うし、エラが張っているのも、違う。

しかし、「みぃさ」の顔は、どうだ。

星が九つある、顔の半分ほどの大きな、大きな目。鼻糞など出来そうにない、とんがった小さな鼻と、つやつやと愛らしい、男の子に「すごいのね」を言うのにふさわしい唇。あごは氷を砕けそうなほどにとがっており、そもそも顔が小さすぎ、目と鼻と口という、人間に不可欠なパーツがすべて収まっているのが、不思議なくらいだ。

きりこは、愕然《がくぜん》とした。

みさちゃんの漫画は、いつだってみさちゃんが主人公で、みさちゃんの望むことが描かれていた。では、この顔。「みぃさ」の、人形じみたこの恐ろしい顔、それも、みさちゃんが望むことなのか。

きりこは、廊下へ飛び出した。「きりこちゃん？」と、皆が言う声が聞こえたが、構わなかった。まっすぐに、すずこちゃんのいるクラスを目指した。きりこがたくましい足で床を踏みしめる音が、廊下中に響いたが、皆は自分のお洒落《しゃれ》か、「可愛い」「恰好いい」異性の気を引くのに夢中で、きりこには気づかなかった。

二組の前で立ち止まり、きりこは、すずこちゃんの姿を探した。すぐに、見つかった。すずこちゃんは、窓際の机に腰掛け、足を椅子に投げ出していた。そんな、投げやりで、はすっぱな恰好をしている彼女だが、周囲には男子生徒が数人たむろしていた。彼女が髪をかきあげる仕草、唇の皮をめくる仕草に、彼らはうっとりし、すずこちゃんの気を引こうと必死であることが、遠くにいるきりこにも、分かった。

きりこは、すずこちゃんを、じっと見た。すずこちゃんの、顔を。

二年間、自分の顔を鏡で見続けてきても、分からなかった。自分がどうして**ぶす**なのか。

しかし、今、分かった。

みさちゃんの描く「みぃさ」。男の子たちにモテている、「可愛い」と言われるすずこちゃん。彼女たちときりこの顔が、あまりに違いすぎるのだ。


すずこちゃんが「可愛い」のなら、その対極にいる者は、**ぶす**だ。


すずこちゃんがモテるのは、すずこちゃんに、何かがあるからだ、と思っていた。

すずこちゃんしか持ち得ない、魅力的な何かがあるからだ、と。

実際すずこちゃんは、きりこの言うことをよく聞いてくれたし、シロツメクサの王冠を編むのも、速かった。小さな声はカナリアのように高くて可愛らしかったし、きりこを呼ぶときに「きりこちゃん？」と、尋ねるようにするのが、耳に心地よかった。そういった魅力、すずこちゃんのそれらに、男の子は惹かれているのだろうと、思っていた。

でも、今、すずこちゃんの顔は、輝いて見えた。

大きな、目だ。「みぃさ」ほどではないが、くっきりとした二重と、影が出来る長いまつげ。左右対称の小鼻のついた鼻は、そのまますうう、と、軌跡を描いて眉毛につながっている。唇は羞《は》じらっているように桃色で、口角がきゅっとあがっている様子が、猫みたいだ。猫。

そう。すずこちゃんも、「みぃさ」も、猫のような顔をしている。大きな目、すうと通った鼻筋と、口角のあがった口。にゃあん、と、甘えた声を出すのに、まったく適した顔。きりこは、くるりときびすを返した。ノエミちゃんのいる四組まで行く必要は、もうなかった。きりこは、はっきり分かったのだ。

自分が、ぶすであることを。

「ぶすがうつる。」

「生理のぶす。」

「あんなぶすやのに。」

うちは、ぶすなんや。

ちょうどその頃、テレビに現れた、ある女優に、日本中が釘付けになった。

蟹塚恵美《かにづかえみ》。

通称「カニィちゃん」と言われた、モデル出身の女の子である。

ぱっちりした目と、つんと上を向いた鼻、笑うと横に広がる口と、細くとがったあご。八頭身の体、「太」ももでさえ細い、小枝のような足。

彼女が、決定的に、日本の「美」、「可愛らしさ」の基準を、決めてしまった。

すずこちゃんは、カニィちゃんに似ていると言われてから、彼女を意識した髪型をしたし、ノエミちゃんは油断するとすぐに太りそうになる自分の体にムチ打ったため、過酷なダイエットに励んだし、みさちゃんは現実を直視せず、ますます漫画の世界に没頭、さえちゃんは相変わらず、蚊に刺された足をかき続けていたが、自分を狙う蚊の羽音が、いつしか自分の頭の中でも鳴っていることに気づいた。そして十代のほとんどを、病院で過ごすことになった。

きりこは、カニィちゃんの出現などに、頓着《とんちゃく》しなかった。

カニィちゃんと自分を比べることも、しなかった。

きりこは、鏡を、見なくなったのだ。

おぼんさんが死んだとき、枕元、それは猫の場合、皆が持ち寄ったまたたびの原木で作られた、鳥の巣のようなものであったが、そこへ呼び寄せられたラムセス2世は、おぼんさんから、あることを言われた。

「きりこ言うのんか。あの人だけや。わてが食べたい思とった、ぽすたをくれたんは。あんたは、ええ師匠を持っとる。大事にしてしまいなさい。」

それは、きりこが十五歳、ラムセス2世が八歳になった秋であった。

猫は、誰にも見られずひとりで死ぬ、というが、そうではない。仲間の猫が死んだときは、皆で葬式を行う。ただ、人間の想像するそれとは違う。

猫には「笑う」機能がないのと同様、「泣く」機能もない。

ただ、死んだ猫の周りに座り、その猫が腐り、蟻や蠅などの虫に食べられ、土に還《かえ》っていく様子を、じっと見守るのである。百六年生きたおぼんさんの死も、特別なものではなかった。

彼女の体は、すぐに臭くなったし、蛆《うじ》がわき、毛がぼろぼろになり、いつしか骨だけになって、土になった。周りで見守る猫たちは、順番でその役に当たるが、ラムセス2世は望んで、毎日おぼんさんの死体が腐っていく様子を見続けた。そして、すっかりその体がなくなってしまった後は、おぼんさんが枕にしていたまたたびをしがんで、ぷりんぷりんに良い気分になった。

おぼんさんは、魂になってさまよわない。星になったりしないし、千の風にもならない。そのことを、ラムセス2世は知っている。

おぼんさんは、ただ、死んだのだ。

きりこがおぼんさんにパスタをあげた、ということであるが、それにはこんな事情があった。

自分が**ぶす**ということであると分かってからしばらく、きりこは、食事が喉《のど》を通らなくなった。鏡を見なくなったきりこである。皆が可愛いと言うすずこちゃんや、ノエミちゃん、いわんやカニィちゃんの真似をする、ということなど、頭にはなかった。そもそも、自分は自分として生まれてきたというのに、誰かになりすまして生きる、などということを、きりこは理解出来なかった。

誰かの基準に寄り添うことなく、誰かの真似をするでもない。ただ自分がみんなにとってはぶすであるという事実、そしてそれによって、自分のきらきらした少女時代は失われたという現実を受け止めたきりこは、自分を見ないでいよう、と決意した。自分が自分である限り、現実に苦しめられるのであれば、その原因である自分を、見なければいい。

きりこを苦しめているのは、きりこの見た目だけ、それはただの「容《い》れ物」に過ぎないのだが、思春期のきりこには、そこまで慮《おもんぱか》る余裕はなかった。あれだけ好きだったママのごはんでさえ、喉につっかえ棒を差されたように、食べられなくなったのだ。

ママの作る料理の中で、きりこが一番好きだったものが、マッシュルームと青梗菜《チンゲンサイ》のクリームパスタであった。ごろりと入ったマッシュルームの、まるでじゃがいものような存在感と、青梗菜が遠慮がちに歯に当たる感じ、口の周りについた少しのクリームをなめるときでさえ、美味《おい》しさに身もだえしてしまう、その至福の時間が、きりこは好きだった。決して体にいいとはいえないが、それだけは、高熱のときも、おなかが下って大変なときも、絶対に欲していたのに、食べることが出来なくなった。

パァパと、ママは、やっと、きりこのことを心配し始めていた。これは、思春期の一時的なわずらいとは違うのではないか。そう思い、度々きりこの部屋のドアをノックし、

食卓にいるきりこに問いかけてきたが、きりこの答えはいつも、

「何でもない。」

であった。今やきりこにとって、美しい（とされる）マァマの顔さえ、見るのは辛かったのだ。パァパとマァマは不安げに顔を見合わせたが、ふたりが本格的にきりこのことを心配し始めたのは、きりこが、マッシュルームと青梗菜のパスタを食べなくなったときだった。

あんなに好きだったパスタを、食べない、なんて！

これは、恋わずらいではない、きりこに「何か」が起こったのだ。

パァパとマァマは、気が気ではなかった。「何でもない」と言い続けるきりこを、なんとか元気づけようと、パァパは会社を休み、マァマはパートを休んだ。きりこの大好きなティーン向けのファッション誌を食卓に並べ、きりこの大好きなアイドルのDVDをテレビで流した。しかし、「可愛くて」「スタイルのいい」女の子が、たくさん載っているファッション誌やアイドルのDVDは、きりこにとっては、まさに辛さの元凶であった。きりこはますます、部屋にこもり、家の中でも、笑わなくなってしまった。

反抗期であれば良かった。ひとりの人間が成長していく上で、それは必要なプロセスだったからだ。ただ、きりこが笑わない、幸せそうではない、ということが、パァパとマァ

マには何より辛かった。

ママにそっくりな難解な歯を、おしげもなく見せるきりこの笑顔は、どれほど可愛かったか！

しかし、パパとママは知らなかった。きりこは、もう、「可愛く」ないのである。それどころか、ぶすなのである。その言葉が、思春期の女の子をどれほど傷つけるか、パパとママも忘れてしまった。そもそも、華やかな思春期を送ったふたりには、醜い人間の苦悩など、分かるはずもなかった。


きりこは、優しい子である。

家中のやるせない、静かな雰囲気の原因が、自分であることに気づいていたし、そのことに、胸を痛めていた。数日間、ごはんを食べない毎日を過ごしてから、きりこは力を振り絞り、パパとママの前で、ごはんを食べた。飲み込むことさえ難儀だったが、力の限り笑って、咀嚼《そしゃく》した。パパとママは、心から喜んだ。きりこが食べるところを見るのが好きだ、きりこが笑うのを見ることが好きだと、そればかり言った。

どうしても食べられなかった分は、パパとママが目をはなした隙に、きりこの足元で待機しているラムセス2世が用意している袋に、ぽいと放り込む。きりこの体は、ずいぶんやせた。

深夜、パァパとマァマが寝静まった頃、きりことラムセス2世は、残り物の入った袋を持って、家を抜け出した。

食べることは出来なくても、マァマが作ってくれた食べ物を、間違っても捨てることは出来ない。それが、きりこのかたくなな思いだった。なので、きりこは、残ったものを、団地の周りにいる猫たちにやることにしていた。

猫たちは、何も魚だけが好物なわけではない、ということを、きりこは知った。魚嫌いな猫もいるし、菜食主義者の猫もいる。甘いものには目がない者や、炭酸が好き、などという変わり者もいるのだ。きりこは、その日残してしまった食べ物を、これらの猫にやることで、それぞれの猫の好みが分かってくるようになった。

こんにゃくに大喜びしたのは、三毛猫のムーア、野良だ。金時豆を丁寧に一粒ずつ食べていたのは、B棟の室井《むろい》さんが飼っているキジトラのはにわ、おでんの大根を取り合っていたのは茶トラのハヤブサと、C棟の誰かが飼っている白猫、この子は言葉が話せないので、名前が分からない。

もちろん魚が大好きな猫も数匹いて、自分のことを人間だと思っているキジトラのミツオと、自分の肛門を舐め過ぎて舌の病気になってしまった黒白ブチのアリス、元田さんに尻尾を摑まれて振り回されてから、人間不信になってしまった黒猫のモリ。黒と茶色のまだら猫のシンは、魚の骨だけを好んで食べる。

きりこがおぼんさんに、マッシュルームと青梗菜のパスタを差し出したときの、彼女の嬉しそうな顔といったら、なかった。

「八十四年前に、食べたっきり!」

しかも、そのとき食べたものは、こんなに豪勢なものではなかった。それは最初の飼い主がゆですぎた、素麺だった。おぼんさんは、八十四年経った今でも、あの、麺というやつが舌をからかいながら胃に落ちていくさまを、忘れられないでいた。

きりこのくれたパスタは、時間が経っているため、ちょうどゆですぎた感じになっており、口よりも大きなマッシュルームは、おぼんさんを興奮させた。

「猫がパスタ好き、やなんて、誰も分かってくれしまへんの。」

おぼんさんはきりこにそう言い、感謝をあらわにした。きりこは、学校でも、もはや家でも見せなくなった笑顔を、おぼんさんに向けた。普段、そうやって笑うと、アイドルやすずこちゃんたちの、真っ白くて整列した歯と自分の歯が、どれほど違うことかと思わされ、ますます滅入ってくるのであったが、猫たちは違った。

きりこが笑うと、彼らは食べるのをやめ、

「あああああ。」

「なんて。」

「ほーう。」

「ふるるるる。」

などと、口々にきりこを褒《ほ》め称《たた》え、いつまでも、いつまでもうっとりと、きりこの口の中を見つめているのだ。

きりこが口を閉じると、彼らはハッと我に返り、あわてて食事に戻る者や、

「あとちょっとだけ。」

「あああああ。」

「おねがい。」

などと言って、腹を見せたり、金玉を見せたりする者もいた。

ラムセス2世は、鼻が高かった。この町内で、これだけ猫の気持ち、気難し屋のおぼんさんや、人間不信のモリの気持ちまで捉《とら》えてしまうきりこを、誇りに思った。

きりこが、人間界でぶすだなどと言われていることは、ラムセス2世にとっては、どうでも良いことだ。にっこりと笑ったきりこの歯を見て、猫たちが皆、感嘆のため息をついていること、そして、その歯を、夜ベッドに入っている間ひとりじめ出来ること、それがラムセス2世にとっての幸せだった。

きりこは段々、人間といるより、猫たちといる時間の方が好きになってきた。きりこの隣の席になった際、「ちっ」と舌打ちしたり、きりことぶつかった際、いやそうな顔で慌てて埃《ほこり》を払う真似をするクラスの男の子たちと違い、猫たちは、しゃがんだきりこの股《また》ぐらにおずおずと入って来ては、

「ただいま……。」

などと言って恥ずかしがったり、きりこのひざ小僧に肉球をそっと置き、

「しばらくこうしていても、いいですか？」

と、丁寧に聞いてくれる。何より、「可愛い」女の子、すずこちゃんやノエミちゃんたちばかり、飽きもせず追いかけ回している人間の男の子たちと違い、猫の雄は、毛並みの良い白猫を追いかけていたと思ったら、次の日にはたわしのような毛をした、太りすぎの猫を追いかけ回している。きりこが理由を聞くと、

「いや、あの、肛門の匂いが、ね。」

と、恥ずかしそうに体をくねらす。

「ラムセス2世、猫って、ええなぁ。」

ベッドの中で、きりこがそう言うと、ラムセス2世は、

「世界で一番、猫がええんです。」

と答える。真っ暗い闇の中、ラムセス2世の目はぼうっと光り、きりこに真実を教えてくれる。それは、小さかったあの日、すずこちゃんとみさちゃんを帰して、ラムセス2世に教えられたことと、同じであった。

「人間より、猫のほうがええ。」

数年経って、改めてこのことを痛感したきりこは、猫のように、夜行動して、昼間は眠っているようになった。

当然学校には行けなかったし、そのまま、高校にも、行かなかった。

これは、あくまで人間の世界の話だ。

自分のいる現実から逃避したくて、眠り続けることがあるらしい。睡眠障害の一種なのだが、記録では、アメリカで最長二週間、眠り続けた人がいたそうだ。眠り姫、という童話があるが、現実問題はあのように美しいものではない。王子様のくちづけで目覚める、などということはないし、それどころか、目覚めたそこには辛《つら》い現実があり、それを受け入れることに困難を感じて、また眠りを欲する、といった具合である。

きりこは、パァパが会社に行っても、マァマがパートに出かける頃になっても、起きなかった。マァマは朝ごはんと昼ごはんをテーブルの上に置いていくが、マァマが夕方帰って来ても、それには手がつけられていなかった。夜起き出して行動するきりこであったが、それも四、五時間のこと。あとはずっと布団《ふとん》の中にいた。浅い眠りのときもあったし、ほとんど気絶しているようなこん睡状態のときもあった。

どんな風に眠っても、起きて数時間すれば、きりこの瞼《まぶた》は必ず重くなった。洗面所で顔を洗っているときに急な眠気に襲われ、そのまま床に座り込んだこともあるし、窓際でごろりと横になっているきりこを、マァマが朝発見する、ということもあった。どうもきりこの急激な眠気は、鏡の気配を感じる場所で起こるようであったが、きりこもマァマもそれには気づかなかったし、もはや、どんな理由でも良かった。

きりこはただただ、眠かった。

眠り続けるきりこを見て、パァパとマァマは、きりこの「辛い現実」が分からないままに、きりこを一生支えていこうと、決意していた。睡眠障害、などという言葉を知らないふたりであったが、きりこがあれほど眠るのは、起きていたくない何かがあるのだろうと推測することぐらいは出来た。しかし、ふたりはとても善良で、素直で、だからこそ、きりこの心の襞《ひだ》にある**ぶす**との葛藤《かっとう》には、気づかないままだった。きりこは数年来「何でもない」を言い続けており、パァパとマァマは、きりこがそう言うのなら、その気持ちを尊重しよう、と思っていた。

きりこは十七歳になったが、一時的な拒食症の反動で、今度は過食症になっていた。マァマの作るマッシュルームと青梗菜《チンゲンサイ》のクリームパスタを四皿平らげ、その後シュークリームを六つ食べ、チョコフレークを一袋空けた。それでも、猫たちにあげる食物は、きちんと取っておいた。猫たちの好みに応《こた》えられるようなものをえり分け、間違えることがなかったし、猫たちの健康に留意し、濃い味の好きな猫には、塩や砂糖を洗い流した食物を食べることをすすめた。猫たちはきりこを尊敬していたので、それらを食べるようになり、自分の家に帰っても、濃い味付けのものは水で洗い流せと人間に命じ、人間がそれを理解してくれないときは、食べないようになった。この町の猫たちは、そういったきりこのやり方も手伝って、長生きする者が多かった。

しかし、猫たちが遠慮した塩分や糖分を代わりに自分が摂取する、とでもいうように、きりこは高カロリーのものを食べ続けた。そして、みるみる太った。もともと骨太の体型であったので、ぶよぶよとした肥満体、というよりは、稽古《けいこ》熱心な相撲取り、という体であった。きりこは自分の寿命などは、まったく気にしなかった。

いつの間にかきりこの顎《あご》に復活した、くっきりと太い線を見、パァパとマァマはため息をもらした。残念なため息ではなかった。

きりこはやはり、可愛かったのだ。

二重顎を安定させ、ベッドで寝息を立てている様子は、幼い頃のきりこそのものであった。急激に痩《や》せてしまったきりこを見て、胸を痛めていたふたりは、きりこが太ることくらい、何でもなかった。きりこには「美味《おい》しい」と言って、がつがつとものを食べてほしかった。それでこそ、きりこだった。

何より嬉しいのは、きりこが、家の中でまた、笑うようになったことだった。「人間が活動している時間帯」は、家を出ないことに決めたきりこは、誰に見咎《みとが》められることなく、笑えるようになった。何より、猫たちがあまりにきりこの歯を褒めるので、きりこも自然、笑みがこぼれるようになったのだ。パァパとマァマは、きりこの笑顔が見たくて、夜中、わざわざ起き出しては、きりこの部屋へ行くのだった。

高校に行かなくてもいい。お嫁に行きたくないのなら、行かなくてもいい。そして、起きているのが辛い「何か」があるのなら、眠っていればいい。起きている間、笑っていてくれれば、それでいいのだ。パァパは昇進したばかりだし、マァマはパート先のスーパーで信頼されていた。大丈夫、大丈夫。ふたりは自分にそう言い聞かせ、きりこの眠るさまを、いつまでも見守った。

さて、今度は猫の世界の話をしよう。
あなたの家に猫がいるのなら、その行動形態を一日、観察してみてほしい。
寝てはいないか。
一日中、眠り込んでいはしないか。

丸くなって、自分の後ろ足を枕にして、腹を出して、顎をぺたりと床につけて、ずっと、眠っていることだろう。

猫にとって、眠り続けることは、睡眠障害などでは、ない。それどころか、猫にとって「眠る」ことは、とても、とても高尚なことなのである。眠ることは、ある種の訓練である。では、何を訓練しているのか。

猫は、夢を見る訓練をしている。

ともすれば、夢と現実の世界を、寝ながらにして行き来する訓練を、しているのである。それは非常に困難で、尊いものであった。なぜ尊いものであるのかを、誰も知らなかったが。

とにかく猫たちは皆、眠ること、それも夢を見る眠りにつくことを、強烈に望んだ。サンマの夢、メス猫の夢、サンフランシスコの夢、下駄《げた》の裏側の夢、夢と名のつくものなら何でも良かったが、最も尊ばれ、困難とされるのが、今より後に起きることの夢、つまり予知夢であった。

四丁目の生意気なブルドッグがいつ死ぬのか、二丁目のおかしな宗教家（元田さんのことだ）が我々を攻撃するのをいつやめるのか、そしていつ、世界中の人間が我々の前にひれ伏すのか、などの、未来の夢を見るため、猫たちは日夜「眠る」ことに、励んでいるのである。

大作家が書く不朽の名作を書く前から知っている猫たち、宇宙の秘密を天才と呼ばれる誰かが解く前に知っている猫たち、であったが、それらはただ「分かって」いる、というだけだった。ざらざらとした鼻のあたりで、薄くて丈夫な耳のあたりで、滑らかに動く首の後ろのあたりで、彼らはいつでも「分かって」いたが、分かっていたことは、いつだって後で、または知る瞬間に、分かった。

ブルドッグが死んだら（四ヶ月後に死んでしまうのだが）、死んだ後に「分かっていたよ」と思うし、宗教家が猫を攻撃するのをやめるのは四年後なのだが、それも分かっていた。世界中の人間が猫の前にひれ伏すのは二百七十八年後だが、そのとき生きている猫はこんな風には言わない。

「まさかこんな日がくるとは。」

そうではなくて、こうだ。

「そんなもん、最初から分かっとったわい。」

出来事が起こった後で、「分かっていた」というのはずるい、後出しだ、などと言うのは人間の愚かな論理である。とにかく、知った後で、猫は分かっていた、と思うのだ。それだけだ。そこに偽りはない。猫は絶対に、嘘をつかない。

分かっていたのだが、分かっていたことを、事前に知る、ということに意義があった。それも、夢で現実を知る、ということに、彼らは特別の意味を与えていた。

今のところ、この近隣の猫が見られる予知夢は、「自分が死ぬ夢」だけであるという。おぼんさんも、死ぬ二日前に、

「明後日、死にまっせー。」

と、皆に言いまわっていた。予知夢を見られたことが嬉しかったのだろう、おぼんさんが練り歩く際には、よ、ちむん、よ、ちむん、と、お囃子《はやし》の音さえも聞こえた。まるで祭りであった。

猫たちが悪戦苦闘している横で、きりこは、毎日やすやすと、夢を見ていた。大抵が自分の容姿にまつわることであったが、例えばきりこは、自分がカニィちゃんのような顔になっている夢を見ることはなかった。きりこは、夢の中でも、ずっときりこのままであったし、そのありのままのきりこを皆が昔のように愛する、という夢は見たが、自分が別の誰かに代わっている夢は、決して見なかった。きりこに想像力がなかったわけではない。ただ、きりこの体はきりこのもの、というだけのことなのだ。

自分の姿のまま皆に迫害される夢を見るより、カニィちゃんのような女の子に変わって皆に愛されている夢を見るほうが、きりこにとっては辛いことであったし、自分への、ひ

いては生への冒瀆《ぼうとく》であった。

　きりこは、目を覚ますとすぐに、見た夢のことをラムセス2世に話し、ラムセス2世はそれに、適切な解釈をつけた。

「ジャスコの前の広場でな、うちの同級生たちが制服でプロレスしてんねん。ほんなら、女の子が男の子にコーナーから雪崩《なだれ》式フランケンシュタイナーを決めはんねん。」

「にゃーお！　それは、すごい。きっとそれは、近いうちにフランケンシュタインが起こす雪崩の中、女性がジャスコにおいてプロレスで上位に立つことを示しています。」

「へえ。それってどういう意味なん？」

「ふるるる。それはね、分かりやすく言うとー、フランケンシュタイン知ってますやろ、機械のフランケンシュタイン。あれが雪崩を起こして、その間に女性がジャスコにおいてプロレスで上位に立つことを示しています。」

「へえ。そういうことかぁ。」

「ぐるぐるぐる。」

「ほな、これは？　うちが大きな庭でレモネードを飲んでたらな、紙みたいなぺらぺらの男の人が来て、ください、て言うからレモネードをあげたら、男の人がどんどん立体になっていくねん。ほんでな、レモンの色してはんねん。」

「うるららら。それは、あれだ。レモンない言うて怒ってばかりいると、三時きっかりに黄色い庭で紙ふぶきやいうことです。」

「へえ！　それってどういう意味？」

「ふーご。嚙《か》み砕いていいますね。レモンありまっしゃろ？　あのレモンの色した、レモンの形したやつ。あれがない、つまりレモンない、言うて怒ってばっかりいると、三時きっかりに黄色い庭で紙ふぶきです。」

「なるほどなぁ。」

「ぐるぐるぐる。」

ラムセス2世ときりこは、コの字公園の猫会議で、きりこがこんな夢を見ていること、そしてそれがどういう意味を持つものであるかを、皆に報告した。皆は、ほう、ごるる、ほーふ、なおん、と、感嘆の唸《うな》り声をあげ、ますますきりこへの尊敬を、そしてラムセス2世への憧《あこが》れを、強くした。

彼らはその憧れのあまり、自分たちも「2世」と呼ばれることを望んだ。野良猫たちは自ら改名し、一緒に暮らしている人間に名前をつけられた猫たちも、猫会議の間だけは「トラ2世」や「もーりす2世」、「五右衛門《ごえもん》2世」などと名乗った。

こんな風に、真夜中に猫たちと話し、尻や首筋を叩《たた》きあっている時間、きりこは幸せであった。皆が自分を尊敬してくれるから、だけではない。

時折、まん丸の月が皆の頭上をからかうように漂っており、そういうとき、猫たちはその美しい表情で、きりこをはっとさせた。すずこちゃんやノエミちゃんや、ましてカニィちゃんなどを見て、人間たちがはっとするのとは、まったく違っていた。

彼女らの、猫に似ている顔の美しさは、猫たちのそれとは、まったく違うのだ。そもそも猫にとって、自分たちに似ている人間など、気持ち悪い以外、何の感想も持てないものだった。それどころか、彼女らを哀れみもした。言うまでもなく世界は猫たちのものであり、猫が世界だった。

猫に似ている人間と猫との違いは言うに及ばないが、もっとも重要なことであり、決定的なことは、知っていることと、知らないことの違いであった。

猫たちは、月の黒い部分を知っていたし、毛皮を撫《な》でる風の体温を知っていたし、甘い匂いのする土を知っていた。それは人間たちのまったく知らないことだった。そして、猫たちは、言い訳も嘘も偽りも虚栄も強欲も知らなかった。

猫たちはすべてを受け入れ、拒否し、望み、手にいれ、手放し、感じていた。

猫たちは、ただそこにいた。

ただ、そこにいる、という、それだけのことの難しさを、きりこはよく分かっていた。

人間たちが知っているのは、おのおのの心にある「鏡」だ。その鏡は、しばしば「他人の目」や「批判」や「評価」や「自己満足」、という言葉に置き換えられた。

それらは、猫たちにとって排泄物《はいせつぶつ》よりもないがしろにされるものであった。いや、仲間たちに匂いでメッセージを伝える尿や糞の方が、よほど価値がある。立派です。

猫たちは夢を見る点や容姿において、きりこを尊敬していたが、きりこもまた、彼らの「知っていること」と「知らないこと」のあまりのまっとうさを、尊敬していた。

きりこは、自分もそうでありたいと願い、まだそれがかなわないことを知り、少し落ち込んで、そして、布団の中で夢を見続けた。

すずこちゃんやノエミちゃん、さえちゃんやみさちゃんには、そのこと、おのおのの心の中にある鏡の存在など、分かるはずもなかった。いや、もし分かってはいても、それが猫にとってないがしろにされるべきもので、そしてそんな猫たちの価値観のほうがよほど立派で、まっとうで、尊重されるべきである、などということまでは、分かりようがなかった。

そもそも、すずこちゃんとノエミちゃんに関しては、きりこの不在を気にかけなかったし、卒業アルバムにきりこが写っていないことに、気づきもしなかった。

高校に入っても、ノエミちゃんは、相変わらずハードなダイエットを続け、生理がこなくなることより、体重計の針が少ないほうに動くことを、重大視していた。

すずこちゃんは、可愛いだけではなく、「可愛いのに遠慮する」「可愛さを自ら強調しない」ということが、ますます自分の女性的価値を高めるのである、ということをテレビや雑誌を通して気づき、それを実践した。例えば、綺麗《きれい》な女優たちは、女優になったきっかけを、「私はそんなにやる気がなかったんですが、オーディションに友達が勝手に応募して」や、「お友達のスタジオにたまたま遊びに行ったらスカウトされて」などという風に話すが、すずこちゃんはその姿勢を参考にし、大切にした。

みさちゃんは「妄想」を武器に、着実にデビューに近づいていた。漫画を描いている、ということで、少なからずみさちゃんを馬鹿にし、蔑《さげす》む女子生徒はいたが、彼女らを漫画に登場させ、こてんぱんに打ちのめすことで、みさちゃんは精神的なバランスを取っていた。いわばみさちゃんは、きりこが夢を見続けるように、彼女なりのやり方で現実から逃避することに成功しており、その頃には自分が「みさ」か「みぃさ」か分からなくなっていた。

さえちゃんは、きりこのように、卒業アルバムに写ることのなかった、もうひとりの人間である。真面目なさえちゃんは、自分の足の蚊の刺され痕《あと》を気にするあまり、いつしか世界中の蚊が自分ばかり狙っているという妄想に取り付かれたのだ。足をかき、蚊を叩き続けたが、頭の中の「蚊」は羽音を休めず、彼女は疲弊し、「現実逃避」の糧を持たなかったため、「プロ」の手に頼ることになった。病院の中で、さえちゃんは時折、きりこのことを思い出したが、その瞬間、大概きりこは、眠っていた。

そして、きりこのそばにはいつも、ラムセス2世がいた。ぐるぐるぐる。

初めは誰だか、分からなかった。

細くて、すらりとした足の女の子。胸に体中の脂肪が集中してしまった、バービー人形のような体をした裸の女の子が、泣いていた。しくしく、悲しげに泣くのではなく、怒りに震え、手で地面を叩き、目が合った誰かに、今にも摑《つか》みかからんばかりであった。

彼女の足の間からは、血が流れていた。どく、どく、と、脈動するように流れていく血はたちまち地面を染め、彼女の怒りはそれによって、より激しくなった。理不尽だ、というようなことを、彼女は言っていた。私は望んでいない、と。

彼女の声をもっとよく聞こうとして近づいたとき、目が覚めた。

視線の先に、カーテンから差してくる光があり、きりこは久しぶりに、朝目覚めたことに気づいた。きりこが起きる少し前に、ラムセス2世も起きていた。宵っ張りの彼は眠たげな顔をし、それでも、きりこに何かあったのだろうと察して、じっと、きりこの目を見つめた。

「夢見てん。」

十四歳の冬から、毎日毎日、きりこは夢を見続けてきた。そして起きるたび、ラムセス2世にどんな夢を見たか、話してきた。しかし、今回のように、「夢見てん」と、あらかじめ言うことはなかった。

「あんな、ラムセス2世。」

きりこは、自分が見た夢を話し始めた。彼女の泣き声がどれほど切実に響いたか、彼女の足の間から出た血がどれほど生臭かったか、赤かったか、どくどくと不吉だったか。そしてきりこは、バービー人形のような完璧《かんぺき》な体型をした彼女を、知っている気がするのだった。

「きりこさん、その人って。」

ラムセス2世は、それが誰か「分かって」いた。しかし、ラムセス2世がきりこに答えを教える前に、きりこは思い出した。

出井《いでい》ちせちゃんだった。

公園デビューしたきりこを、ベビーカーの上からまじまじと見、きりこの顔を「おまんじゅうみたい」と、素直に分析した、可愛らしい、ちせちゃん。きりこが大好きだったこうた君が思いを寄せ、高校一可愛い彼女ができた今でさえ、時々あの白い膝《ひざ》の裏の夢を見てしまう、あの出井ちせちゃんだ。彼の尊厳にも関わるが、初めて彼が夢精に至ったのも、夢の中でちせちゃんに「こっち来ん？」と、言われたからだ。

きりこが見た夢は、こうた君の見たそれのように、甘く、恥ずかしいものではなかった。どうして夢にちせちゃんが出てくるのか、きりこには分からなかった。ちせちゃんとは小学校に通う頃から、まったく交友関係はない。時折姿を見かけることはあったが、ちせちゃんはいつでも違う男の人と一緒にいるか、短すぎるスカートから足を投げ出して、学校をさぼっていた。

近所では評判の良くない女の子であった。こうた君のちせちゃんへの恋心をきりこは知らなかったし、よもやこうた君がちせちゃんの後をつけてこの団地までやって来ていたことも、知らなかった。

「なんで、ちせちゃんが出てきたんやろ。」

血を流し、泣きながら怒り狂っているちせちゃんの姿は、きりこの脳裏に焼きついて、離れなかった。

その夢の意味は五日後に、明らかになった。

ちせちゃんが、出会い系サイトで知り合った男に、強姦《ごうかん》されたのである。

ちせちゃんは十四で性交を覚えてから、自分の体の欲求を抑えることはしなかったと、以前書いた。こうた君が虜《とりこ》になったのも、ちせちゃんの同世代にはない大人の女の魅力のせいであったし、ちせちゃんは、そんなウブな男子には飽き、性技に長《た》けた大人の男性を求めるようになっていたことも、前述した。そこで利用してしまったのがくだんのサイトである。十代の彼女が利用するにはあまりにも危険で、つまらない男ばかりが集まるサイトであったが、ちせちゃんは性交が好きだった。ただそれだけだったのだ。

幸運にも十代のうちには、特別危険な目にも遭わず、成長するにつれ、自然に恋人になった大人の男性もいたが、ちせちゃんの若くて健康な体は、新たな刺激を求め続けた。他の人とも関係を持つことに恋人は激怒し、面倒になってしまったちせちゃんは特定の恋人を持つのはやめ、二十歳を過ぎてまた、あのサイトに手を出した。ちせちゃんは、それでも慎重に、一度限りの、避妊具を使った安全な性交を続けてきた。

そんななか出会ったひとりと、車に乗っていたときである。

ちせちゃんに生理が始まった。ちせちゃんは、性交が大好きな女の子であったが、ルールは持っていた。前述したように避妊具を使った安全な性交と、生理中は性交をしない、というルールだ。その間は子宮が腫《は》れたようになり、腰も重く、さすがのちせちゃんも、その気になれなかったのである。

しかし、その男はしつこくちせちゃんを誘った。ちせちゃんは拒んだ。彼女は、意志の強い女の子だ。「ヤリマンである」という噂が流れ、女子に白い目で見られても、

「そうやで、だってうち、セックスすきやねんもん。」

と、まったくひるむことがなかったし、ちせちゃんの噂を聞いてやって来る数々の男子の中でも、自分の好みにそぐわない人には、決して体を開かなかった。こうた君は、声をかける勇気さえなかったが、もし他の男子のようにちせちゃんに「お願い」をしに来ても、おどおどした彼の態度からベッドの中での行為を想像した彼女に、優しく断られたことだろう。

なのに、その男は、嫌がるちせちゃんと、無理やり性交した。

ちせちゃんは、黙っていなかった。気持ちよくない、それどころか気持ちが悪い、これはレイプだ、警察に言う、訴えてやる、と。

ちせちゃんは、この出来事を隠さなかった。

こういった事件では、泣き寝入りする女の子がほとんどである。大半が、そのことについて「恥ずかしい」思いを持っている。「汚された」と、思っている。それはおかしいことである。彼女らは被害者で、「汚された」というような観念的なものではなく、現実、

実際的に、犯罪の犠牲者になったのだ。

ハンバーガーが美味《おい》しくて食べすぎてしまい、太ってひどい体になってしまったから責任を取れ、などという「被害者」が勝訴してしまうような時代に、彼女らは何故、自らの権利を主張出来ないのか。主張「させない」社会なのか。談合し、仲間はずれをし、誤魔化し、他者を陥れ、恐れから爆撃をする、そういった人間たちの方が、猫よりも優秀であるのだ、というような考え方と同じくらい、馬鹿らしいことである。

正当な被害者であるちせちゃんの声に、周囲の人間は、耳を傾けなかった。

「自業自得だ。」

と、言った者さえあったし、ちせちゃんのお母さん、きりこのママの、白いモカシンシューズを憧れの目で見たその人さえ、ちせちゃんを恥じた。

性交が好きだから、不特定多数の男と性交に及んでいたから、出会い系サイトで性交の相手を選んでいたから、といって、「無理やりに」された性交は、間違いなく、強姦であり、犯罪である。

服を脱いで裸で横たわっていても、連れ込み宿でふたりきりになっても、女性が、場合によっては男性が本気で「嫌だ」と言えば、その気持ちを踏みにじるのは、強姦である。性交は、お互いが望んでするものであるべきだ。

人間は、犬猫を畜生と言い、俺たちには理性があるのだから、とのたまうが、その理性を極限で使わないで、何を偉そうなことが言えるのだろう。「嫌だ」という人間の、その訴えを無視出来るくらいの理性であるならば、初めからないほうがいい。二本足で歩いているから、何だと言うのだ。余った両手で、嫌がる女の足を開く以外、人間は何かをしたと言えるのだろうか。

猫のように、鞠《まり》をはじいたり、誰かの膝にそっと肉球を置いたり、そんなささやかで尊いことを、「猫のすることだ」「何の役にもたたない」と、その汚い両手をふって、笑っていられるのだろうか。

ちせちゃんは警察にも行ったが、経緯を聞いた警察さえ、

「そんなんじゃぁ、仕方ないやろ。」

と言った。中年の巡査はその際、ちせちゃんの短いスカートから出た綺麗な脚を、なめるように見ることを怠らなかった。

何度も言うが、ちせちゃんは被害者である。ちせちゃんは、怒り心頭に発した。彼女はひるまなかった。お母さんが、

「家の恥やから、もう黙っててくれ。」

と言っても、黙らなかった。私はレイプされたんだと、言い続けた。私は性交が好きだが、望まない性交は嫌いだ。これは理不尽だ。私は望んでいない。望んでいない！


それは、きりこが見た最初の予知夢だった。

きりこは、苦しかった。自分のことのように、胸が痛んだ。

数年ぶりに、きりこは昼間も起きているようになった。一日二十時間ほど眠っていたきりこが、一日二十時間ほど起きているようになった。ラムセス2世から、両親から、ちせちゃんの噂を聞くにつけ、なんとか彼女の力になりたいと、思うようになった。高鬼を幼稚園の一番高みから見守っていたきりこ、シロツメクサを皆が必死に編むのを、皇女のように待っていたきりこだ。きりこは、溢《あふ》れ出てくるリーダーシップと、今では同時に、人の痛みが分かる心を持っていた。誰にも認められない孤独と、それによって、自分で否定せざるを得ない絶望を、知っていた。

きりこは、外に出た。

日の射す間に外に出るのは、四年ぶりだった。きりこは十八歳になっていたが、自分の姿を露《あらわ》にしてしまう、懐かしい光は怖かったし、パフスリーブの水色のワンピースを着ると、かつて「**ぶす**のくせに」と言われたことを新たに思い出し、泣き出しそうになったが、きりこは出た。

必死であった。

数年会っていなかったちせちゃんの胸の痛みが、きりこには分かる気がした。男の子と性交さえしたことのないきりこであったが、ちせちゃんが傷ついている、というそれだけで、十分だった。

きりこは、まさに猫のような気持ちになっていた。

「分かる」のだ。どうして「分かる」のかが、分からないだけ。

「痛みの形」は曖昧《あいまい》でも、痛みは分かる。なんとかしてそれを、なくしてあげたい。

きりこのそばには、ラムセス2世がいた。ラムセス2世の体は、日の光を浴び、チョコレートのように滑らかで、美しかった。ぴんと立てた耳はちせちゃんを探すアンテナになり、ふるふると振る尻尾《しっぽ》は、協力者を求める信号となった。

団地の敷地内を歩くきりことラムセス2世の周りには、いつの間にか多くの猫が集まっていた。そして、方々に去り、いつしかきりこたちに、ちせちゃんの居場所を教えるのだった。

ちせちゃんはC棟の四階、自分の部屋のベランダで、煙草を吸っていた。

ちせちゃんはよく、そうやって煙草を吸ったが、灰を下に落とすこと、ましてや煙草の吸殻を下に投げる、などということはしなかった。団地には子供たちがたくさんいるのを知っていたし、ラムセス2世のような猫や犬が、誤って飲み込んでしまうかもしれないからだ。

ちせちゃんのそんな、子供たちや動物たちへの配慮とは裏腹に、団地の大人たちは、ちせちゃんを自分の子供に会わせたがらなかった。奔放な性体験で知られる彼女のことを、子供にとって「教育に悪い人間である」と思っていたからだ。そう思っている本人が、にこやかに挨拶《あいさつ》を交わした隣の部屋の誰それさんの悪口を言っているのを聞き、子供は「二面性を持つことの大切さ」を覚えるし、お給料の少ない旦那《だんな》さんをののしる母親の背中を見て、「お金こそこの世の幸せのすべて」と学ぶ。

彼女の子供たちは、ちせちゃんのように、「誰に何と言われても好きなように生きる」ということを、親から学ぶことは、ないのだ。

「にゃあ。」

「のほん。」

「うごー。」

ちせちゃんは、今日は猫の鳴き声がやたら聞こえるな、と思っていた。周囲の人のひそひそ声や、母の泣き声、思い出の中で響く、男の忌々《いまいま》しいうめき声、などはよく聞こえたが、こんなにたくさんの猫の鳴き声を聞いたのは、初めてだった。

ちせちゃんは、声のする方を見た。

そこには、黒白のブチや、真っ白や、キジトラや茶トラや、ふわふわの毛のや、そして、際だって美しい黒猫とともに、きりこが立っていた。

水色のワンピースはふわふわと風のなすがままだったが、きりこの真っ黒い髪の毛は、そよともさやがなかった。

あの子。

ちせちゃんは思った。

あの、お饅頭《まんじゅう》の子。

ちせちゃんは覚えていた。懐かしいな、そう思った途端、白いものがすう、と落ちていった。灰か？　ちせちゃんは慌てて煙草を見たが、そうではなかった。

ちせちゃんは泣いていた。

強い女の子だ。力ずくで分からせるのではなく、足の間の柔らかな襞で、腋《わき》の下のあまずっぱい匂いで、相手をとてつもなく優しく、まあるい気持ちにさせることが出来るのだということを知っている、ちせちゃんだ。泣いたことなんて、なかった。

尊敬していた母に、

「家の恥だ。」

と言われたときも、涙を見せなかったし、私は恥ではないと、家にい続けた。

しかし、今。小さな彼女をちらりと見たときのように、大げさなお姫様のような恰好をしている、「醜い」女の子と、それを守るように立っている美しい猫たちを見たとき、ちせちゃんは泣いた。

初めて自分が「怖かったのだ」と、思い出した。

ちせちゃんは、C棟から出た。

きりことちせちゃんがしたことは、ちせちゃんと同じような体験をした女性たちのための団体に、相談に行くことであった。

どの警察に行っても、

「出会い系サイトを利用したあなたが悪い。」

「同意の上だったのでは。」

と、相手にしてもらえなかったのだ。しかも、応対する警官は皆男性で、こと男女のことにおいては、こちらの性欲に関係なく「つっこまれる」嫌悪と恐怖を、どうやったって分かってもらえそうにもなかった。

「だってや、あの人らって、たったら出来るわけやんか、無理にでも。でもさ、あたしらはめっちゃやりたなっても、向こうがたってへんと出来ひんわけ。」

そう言ったちせちゃんを見て、処女のきりこは火星の話を聞いているような気分であったし、「あたしら」の「ら」の中に、自分が入っていることさえ、想像出来なかった。しかし、ちせちゃんが「不公平だ」と思っていることだけは、なぜか切実に分かった。

それに、ちせちゃんは、きりこが処女だからと言って、何も分かっていない子供を相手にするときのような話し方はしなかった。小さな頃、パァパの裸を見ただけのきりこに、こと細かく性技の話をし、演技をしなければいけない性交のつまらなさを話した。性交を知らないきりこに、「損をしている」とは言ったが、次の瞬間には、

「まあ、人それぞれ、好きなもんは違うもんやしな。」

と笑った。ちせちゃんは平等で、自由だった。

そんな彼女が、平等と自由を奪われたのだ。

きりこは、立ち上がらないわけにいかなかった。


その会は、「あなたの心を取り戻す会」というものだった。

「性被害者の会」「レイプ撲滅のためのグループ」など、直截《ちょくせつ》的な名前の会はセンスがない、ときりこが選んだのだが、ちせちゃんは、「心を取り戻す」というのは、おかしいのではないか、と言った。

「心を取り戻すってことはさ、心を失ったいうことやろ？　うち、自分の心なんてまった

く失ってへんねんけど。」

ちせちゃんはなかなか難しい人だ、ときりこは思った。センス云々《うんぬん》で団体を選んでいたきりこであるが、この際名前などは関係ない。ちせちゃんの気が済むにはどうすればいいかを、教えてもらえればそれでいいではないか、と諭した。

エステティック・サロンや中古レコード屋や英会話スクールが入っているビルの七階に、その会の事務所はあった。桃色とクリーム色で書かれた看板の下には、

「勇気を出して、ノックしてください。」

とあったので、ちせちゃんはさしたる勇気も使わず、力任せにノックをした。すると、慌てて出てきた女の人が、

「ノックなさらなくても、大丈夫ですよ。これは、なんていうか、比喩《ひゆ》ですから。」

と言った。

ママくらいの年齢だろうか、ピンク色のフレームの眼鏡をかけ、どうやったって耳にかけたほうがいい、重苦しい髪型をしている。夏だというのに、細かい臙脂《えんじ》色のチェックの長めのタイトスカートを穿《は》き、足元はぺたんこのビニールパンプス、エリザベス女王の休日、といった風情の古めかしいブラウスの胸元には、翡翠《ひすい》色のブローチが鈍く光っていた。

「どうぞ、お入りください。」

女の人は、ターコイズブルーのキャミソールに、これ以上は短く出来ないであろうデニムのショートパンツ、ドアを止めておくのに便利そうな七センチのかかとのサンダル、というちせちゃんの姿を見て、少しぎょっとしたようだが、その後ろに立っている水色のパフスリーブのワンピースを着たきりこを見て、優しい笑顔を見せた。

嫌な予感はしたが、小さな部屋に通され、お茶を出されたとき、それは確信となった。女の人はきりこにばかり笑顔を向け、優しくうなずいた。どうやらちせちゃんではなく、きりこが「被害者」であると、思っているようだった。

ちせちゃんは、キャミソールと同じ色の爪をいじくりながら、退屈そうに「担当の人」が来るのを待ったが、部屋に入って来たのは、お茶を置いて出て行った先ほどの女性と印象の変わらない、つまりブラウス、タイトスカートとぺたんこのパンプス姿、髪の毛を後ろでしばっている分だけ、若くは見える女の人だった。

「今日は勇気を出して来てくれて、ありがとう。」

女の人は、かみ締めるようにそう言った。茶色いファイルのようなものを取り出し、机に置く。ここは、何かと「勇気」を持ってこなければならない場所なのだ、ときりこは思った。ちせちゃんは、先ほどの件もあり、訳が分からないが、これも比喩というやつなのだろう、と思ったのか、「はあ」と、曖昧な返事をした。

「私の名前は、久方《ひさかた》と言います。よろしく！　……で、」

女の人は、きりことちせちゃんを、探るように見た。

「あ、出井ちせです。こっちは付き添いのきりこちゃん。」

「付き添い？　ああ、付き添いなのね。」

やはりだ、ときりこは思った。なんだってここの人たちは、きりこのことを「被害者」だと思うのだろうか。

「出井さんと、きりこさん。分かりました。」

久方さんは確かめるようにそう言い、ファイルに名前を書いた。

「辛いやろうね。でも、大丈夫ですよ。私たちは、あなたの味方です。」

「え。はあ。」

まだ何も話をしていないというのに、もう味方になってくれた久方さんを見て、ちせちゃんは少し驚いた顔をした。きりこは、私たち、という久方さんを見て、久方さんや先ほどの女の人と同じ恰好をしている、数百人の女の人を思い浮かべた。

誰も、親でさえもちせちゃんの味方をしてくれなかった、きりこに出会うまでは。なので、ちせちゃんは、無条件で味方になってくれる久方さんに感謝した。

「被害に遭われた状況を、説明してくれはる？　出来る？」

自分のことを「被害者」であると言ってくれることも、ちせちゃんには、ありがたかった。被害者の権利を主張すべく、ちせちゃんは、あるがままに久方さんに話した。セックスが好きなこと、出会い系サイトで出会ったこと、やる気はあったのだが生理が始まり、急にその気がなくなったこと。「やめろ」と再三言ったのに、無理やり「つっこんで」きたこと。

久方さんは、ちせちゃんの話を熱心に聞いていたが、きりこが見る限り、明らかに途中から、雲行きがおかしくなってきた。味方です、と言ってくれたときの優しさが表情から消え、代わりにいぶかしむような、いや、何か嫌なものを見たときのような表情が現れてきたのだ。でもそれは、相手の男に対する嫌悪であろうと、きりこは思った。ちせちゃんの自由を奪い、ちせちゃんに無理やり「つっこんだ」男に、対しての。

「出井さん。あの、あなたの言うことなんやけど。」

しかし、それは違ったようだった。

「なんていうか、私たちがここでお手伝いをさせてもらう女の人たちとは、ちょっと違うような気が。」

「え。」

きりことちせちゃんは、同時に声を出した。

「ちょっと、ていうか、だいぶ違うかな。うん。だいぶ違うと思うんやけど。」

「え、なんでですか。ここって、レイ……、」

「うちは、レイプっていう言い方せぇへんの。心の被奪、て言うんです。」

「ひだつ？」

「奪われた、ていうこと。あのね、ごめんね、厳しいこと言うけど、出井さんのお話を聞いてる限り、どう考えても、あなたにも非があると思えて仕方ないのよ。」

「え、どうしてですか。」

「どうしてって……。」

いつの間にか、受付の女性が、きりこたちの前に来ていた。並んで座ると、ふたりは双子のように似ていた。

「なんていうのかな、まず、ここに来る人はね。望まずに心を奪われた人なんです。」

「望まずに、て。あたしも望んでないですけど。」

「……でも、出会い系？　サイト？　そこで？　出会ったんよね？」

「はい。」

久方さんと「もうひとり」は、顔を見合わせた。

「それが、その時点でもう、そういうことを望んでいる、てことやんね？」

「はい、そうです。言いましたよね？　あたし、セックス好きなんで。」

「それ！　それがもう、違うのよ。そういうことがしたくて、出会い系サイト？　に連絡して、そういうことが目的で来た男の人に会って、それで、心の被奪をされた、ていうのは、あなたにも非があると思うわ。」

「どうしてですか？」

「どうして、て……。だって、あなたそういうこと、したかったんでしょう？」

「そういうことって、セックスのことですか？」

どういうわけか、ちせちゃんがはっきりセックス、と声に出すと、ふたりはとても嫌そうな顔をした。ここは、セックスの被害者が来るところではないのかと、きりこは不思議に思った。

「そう。」

「何回も言うてるやないですか。セックス好きやって。でも、あたしは嫌やったの、そんとき、生理始まったし、ほんまにやる気がなかったの。嫌言うたのに、あいつ、」

きりこは、ちせちゃんの手を握った。きりこには、ちせちゃんは、夢で見たときと同じように見えた。裸で、足の間から血を流し、「理不尽だ」「望んでいない」と、泣いていたちせちゃんと、同じように見えた。

ちせちゃんは、ぎゅう、と、きりこの手を握り返した。

「そもそも、あなた、その服ね。」

「は？」

「胸が半分見えたような服ね、あと、足。ほとんど下着くらいしか、隠してへんでしょう。」

「暑いし、こういう恰好好きなんで。あたし、足綺麗やし。」

きりこには、「足綺麗やし」とちせちゃんが言ったとき、久方さんの眉毛《まゆげ》がぴくり、と動いた気がした。

「その恰好。そんな恰好してはったら、そもそも、誰かに襲ってよ、て言うてるようなもんと違う？」

「はあ？」

ちせちゃんは、大声を出した。きりこが、もっと強く手を握ると、ちせちゃんは、それに負けない力で、握り返してきた。

「あたしは、自分のおっぱいと、足が綺麗やと思うから、出してんの。それをなんで、襲ってくれ言うてるなんて、思われなあかんの？」

「でも……、ほら、もうちょっと……。」

「何？　あんたらみたいな服着れ言うてんの？　そんなだっさいブラウスと、暑苦しいスカート？　そういう恰好してたらレイプされへんかった、言うの？」

「心の被奪です。」

「知るか！　レイプはレイプじゃ！　大体、セックスのこともそういうこと、とか言いやがって！　あたしは、自分の好きな服を着るし、したいときにセッ、クッ、スッ、するんじゃ！」

ちせちゃんはとまらなかった。強く握られすぎて、きりこの手は、白くなった。きりこはその手を見ながら、ちせちゃんの言ったことを、頭の中で反復していた。

「あたしが、あたしの服着て、何が悪い？　あたしが、あたしの体大切にして、何が悪い？」

そうだ、と、きりこは思った。

きりこは、きりことして生まれて、好きな服を着て、自分のことが、自分の体が、顔が、大好きだった。誰がそれを、そのことを、間違ってる、おかしいと、言うことが出来るのだろうか。

「いや、私たちはただ、出井さんね、あのね、落ち着いて。もうちょっとだけ、地味めにしたらどう？　て、ね？　男の人を刺激するような服は、」

「男を刺激するために着てるんやないの、あたしは、ううん、いや、男を刺激するために着てるとこもある。」

「ほら！　ほら！　それがあかんのよ！」

久方さんは、難しい討論に勝った偉い人のように、そう叫んだ。「もうひとり」はどういうわけか、何かに耐えるように、じっとして動かなかった。

「何があかんの？　セックス好きやし、男の気ぃ引きたいんは当たり前やろ。あたしが言うてんのは、男の気ぃ引くためでもなんでも、自分の好きな服着て、自分の体を大切にしてて、」

「大切になんて、してへんやないの！」

久方さんは、大声を出した。

「はあ？」

「大切になんてしてへん。不特定多数の男に体開いて、ちっとも、自分の体を大切に、」

「何回も言うとるやろが！　あたしは、セッ、クッ、スッ、が、好きやの！　コンドームもがっちり使っとるし、生理んときは子宮が痛いから絶対にせーへんかったの！　なのに、あいつが、あいつが、」

泣いたらあかん、と、きりこは思った。

ちせちゃん、泣いたらあかん。

それは、ちせちゃんに伝わった。ちせちゃんはぐう、と唇を噛み、久方さんをにらんでいた。

きりこは、ちせちゃんを綺麗だと思った。目が大きいからじゃない、唇がつやつやと光っているからじゃない。ちせちゃんは、ちせちゃんその人だから、他の誰でもないから、綺麗だと思った。

ちせちゃんは全身で、「あたしはあたしだ」と、叫んでいた。

「久方さん。」

きりこがそう言うと、皆、はっとした表情で彼女を見た。久方さんは、なぜか優しい顔になり、「もうひとり」はすがるような顔をした。ちせちゃんは、ちせちゃんのまま、きりこをじっと見た。

「ちせちゃんは、ちせちゃんでおるだけやねん。他の誰かの真似をする気はないし、出来へんと思います。ちせちゃんはセックスが好きで（きりこは生まれて初めてセックスと言った）、いろんな男の人としたいと思ってる。でも、嫌や、て思ってるその瞬間に無理やりセックスをされたんやったら（これで、二回目だ）、それは、レイプやわ（言うまでもなく、これも初めて言った)。ちせちゃんは、久方さんに慰めてほしいわけやなくて、心のひだつ、やなんて言うてほしいんやなくて、勇気とか、そんなんもいらんねん。被害者やのに、隠れるようにせなあかんこと、恥ずかしいことやと思わされることに、腹立ってんねん。それと、セックス(この頃には、もうその言葉を口にすることに慣れてきた)をたくさんしてるから、体を大切にしてへん、のやなくて、ちせちゃんは、自分の体が何をしたいかをよく分かってて、その望む通りにしてるんやから、それは、大切にしてる、ていうことやと思う。自分のしたいことを、叶《かな》えてあげるんは、自分しかおらんと思うからら。」

きりこは、すう、と息を吸った。

「自分しかおらん。」

ちせちゃんの顔を見ると、もう限界だった。涙が目玉に溢れてきていた。きりこは、久方さんの前で、ちせちゃんに泣いてほしくなかった。なぜか分からないが、ちせちゃんの涙は、絶対に誰にも見せてはいけないような気がした。

きりこはちせちゃんの手を引いた。

「行かん?」

そう言うと、ちせちゃんは、子供のようにうなずいた。

自分のしたいことを、叶えてあげるんは、自分しかおらん。

これは、きりこが自分自身に対しても、言いきかせた言葉だった。

「ぶすやのに、あんな服着て。」

あんな言葉に、屈することはなかった。

彼らは、「きりこ」ではない。きりこは、きりこ以外、誰でもない。

思い出した。

小さな頃、きりこは、「きりこ」の欲求に、なんと忠実であったことか。お姫様のようなドレスが着たければ、迷わず袖《そで》を通したし、パァパのだっこを求めれば、その温かさは間違いなく、そこにあった。

シロツメクサを編む皆を見続けたい、高鬼で上手に逃げるあの子を褒めてあげたい、こうた君が好き、リボンをつけたい。

きりこは、「きりこ」の言うことを、なんだって聞いてあげた。

なのに今、誰かの言うことに聞く耳を立て、自分はおかしいのだ、「ぶすだから」と自分を否定して、隠れるように生きている。

ぶすって、何だ。

誰が決めたのだ。目が大きいのがいいって誰が？　顎の下がなだらかなのは、美しくない？　では、美しさとは？　誰が決定する？　誰が？

露出の多い服を着ていれば、ただちにレイプされるのか？　レイプをされれば、心を奪われたことになるのか？　セックスが好きなのは、自分の体を大切にしていないこと？　体の欲求に素直なことは、「自分を大切に」していると、言えないのだろうか？

きりこと一緒にちせちゃんが家に入ってきたのを見て、ママは、にっこり笑った。ちせちゃんの噂はもちろん聞いていたが、そんなことでちせちゃんのことをおかしな目で見るようなママではなかったし、ママは、きりこを初めて見たときのちせちゃんの、くるくるとした大きな目と、可愛らしい唇を、まだしっかりと覚えていた。なにより、きりこを、四年間も、明るいうちは家から出なかったきりこを、奮い立たせてくれたのがちせちゃんである、ということも、ママには分かっていた。

きりこの顔は、頼もしかった。

何かに対しての怒りに燃えていたが、それはあまりに静かで、決意に満ちていたので、かえってきりこの存在を、美しく見せるだけであった。

ラムセス2世は、きりこの帰りを喜んだし、可愛い連中を家に入れないでくれ、という誓いをきりこが破ったことも、怒ってはいなかった。ちせちゃんは、それはそれは上手にラムセス2世の背を撫でたし、ちせちゃんの唇からただよってくるチェリーの香りも、なかなか悪くなかった。何より猫は、いつだって寛大なのである。

きりこは、実はちせちゃんにあんな事件が起こる前、夢を見たのだと、話した。ラムセス2世以外にその話をしたのは、ちせちゃんが最初であった。ちせちゃんは、驚いた。

「それって、予知夢いうこと？」

「わからん。でも、見えてん。ちせちゃんが泣いてる、て。」

「それであんた、どうやってうちの家知ったん？」

「それは、……」

猫が教えてくれた、とは、さすがに言えなかった。ちせちゃんは何事に対しても平等な態度で接したが、さすがに猫たちと言葉を交わし、猫たちに導かれたのだと言っても、信じてはくれないだろうと思ったのだ。

でも、ちせちゃんは、はっきり覚えていた。

黒白のブチや、真っ白や、キジトラや茶トラや、ふわふわの猫たちに囲まれて、きりこがこちらをじっと見ていたこと。その姿、「醜い」きりこの姿を見て、初めて涙を流したこと。

そして、黒い猫。今ここにいる黒い猫が、誰より饒舌《じょうぜつ》に、ちせちゃんに何かを訴えているような気がすること。

ちせちゃんは、きりこに正直に話した。驚くのは、きりこの番であった。

「そうやねん。この子、ラムセス2世が猫たちを紹介してくれて、それで、ちせちゃんの家まで案内してくれてん。」

「そうなんや。」

ちせちゃんは、ラムセス2世をじっと見た。ラムセス2世は、

「あんたやったら、分かりまっしゃろですよ。」

と言った。ちせちゃんは、

「賢い猫や。」

と言った。ラムセス2世は、満足そうに、喉《のど》をぐるる、と鳴らした。それはきりこが、世界で一番好きな音だった。

言い忘れたが、ちせちゃんときりこは、友達になった。

ふたりは約束をした。

「自分」の欲求に、従うこと。思うように生きること。誰かに「おかしい」といわれても、「誰か」は「自分」ではないのだから、気にしないこと。

そしてちせちゃんは、AV女優になることにした。

自分の好きなセックスを職業にしてしまえば、誰に文句を言われることもない。それどころか、業界には性技に長けた男性がヤマほどいるのだ。唯一、自分のセックスを人に見られる、ということに対して、ちせちゃんは少し頭を悩ましたが、自分が後々訴えようと考えていることの重要さを考えると、それくらい何てことない、という結論に落ち着いた。

ちせちゃんが目指したのは、業界内の「レイプ作品」、ひいてはレイプそのものの撲滅であった。

きりことちせちゃん、ラムセス2世で、膝と肉球を突き合わせて話した結果、ちせちゃんの「理不尽さ」「くやしさ」をなくすためには、元凶そのものの一掃しかない、と考えたのだ。それは気の遠くなる目標であったが、ふたりと一匹の決意は、固かった。

前述したが、ちせちゃんは『軟体女』シリーズで人気を博した。可愛くて、「自分」をしっかり持っているちせちゃんのことだ、人気が出るのは当然である。

ちせちゃんのビデオは予約待ちとなり、ちせちゃんを象《かたど》った人形が発売され、テレビにも電話で出演するほどになった。深夜番組で、ある大物芸能人が、ちせちゃんの大ファンである、ということを公言したためである。ちせちゃんと電話で話をしたその男性は大変喜び、公共の電波を使って、

「ちせさんのご両親、彼女を産んでくれてありがとうございます!!」

と叫んだ。言うまでもないが、ちせちゃんは本名で女優をやっている。

これを聞いたちせちゃんの両親は、ちせちゃんを「自慢の娘」というレベルにまで、引き上げた。単純なものだ。それも人間の持っている「鏡」の、愚かな効能である。

ちせちゃんは、ずっと「ちせちゃん」だった。大物芸能人に「大ファンだ！」と言われてから初めて「ちせちゃん」になったのではない。しかし、人間は、それに気づかないのである。愚か、というより、損をしているように思えてならない。モッタイナイナ。

さて、このように自分の地位を着実に築き上げた後、ちせちゃんは伝説的なＡＶに出演した。

ちせちゃん演じる主人公は、セックスが好きな後家さんである。後家さんの雰囲気を出すため、いつも喪服を着ているところと、体の柔らかい女、という設定は製作者側のたっての願いであったため妥協したが、その他のストーリーはすべてちせちゃんと、きりこが決めた。

きりこは二十歳になったこの頃も処女であったが、ちせちゃんのビデオのおかげで、男女の体の仕組みについて、体育館で教わったときの六万倍ほどの知識を身につけていた。ちせちゃんのビデオのスタッフたちも、たまにスタジオにやってくる、黒猫を抱いた、お姫様のようなドレスを着たきりこの存在に、一目置くようになっていた。

ちせちゃん演じる後家さんは、日ごと違う男と性交に励んでいるが、ある日やって来た男と話をしているうち、自分が「その気になれない」「嫌だ」と思った（嫌がるちせちゃんの顔のアップ、の後、嫌だ、という文字が画面いっぱいに浮かぶ）。後家さんは男にそれを伝えるが、男は構わず彼女につっこもうとする。すると、遺影の中から彼女の死んだ夫が飛び出して来る（ＣＧを使う金はもちろんない。きりこがドライアイスを使えばどうだろう、と提案をし、ちせちゃんがそれに乗った）。遺影は男性が笑顔で笑っているものだが、飛び出してきた男性はなぜか血まみれ、目がつぶれ、手足に包帯を巻いている。その方が恐怖感が増すからである。彼は、ちせちゃんに乗っている男に向かって、不吉な声で呪文《じゅもん》を唱え始める。

「うましてっきをげひ、いなもうゅきくに、もついはんげんに！」

この呪文は、誰あろうラムセス2世が考えた。言葉を逆さに、なんて、いささか幼稚ではあるが、きりこもちせちゃんも「きをげひ」「はんげんに」というあたりが呪詛《じゅそ》っぽくていい、と絶賛した。ラムセス2世は、もっと素晴らしい呪文を考えられたのではないかと、今では後悔している。

ぎゃーっ、という男の絶叫。次のシーンでは、血まみれの男が床に倒れている。そばには、棒のような肉塊。そう、男は死んだ旦那によって、性器を切り取られたのである。

AVではありえない衝撃のラストシーンは、業界、そして自分の部屋でちせちゃんの「軟体」を見る男たちを、震撼《しんかん》させた。

ちせちゃんの性交シーンにだけ興味のある男は、「後家さん」が性交に励むはじめの三十分ばかりを再生するのだが、のちのちこの映画は単なるアダルトビデオとしてではなく、カナダあたりで、ホラー映画としてカルト的な人気を誇ることになる。

タイトルを言うのを忘れていたが、

『後家のセックス～性器の被奪～』、英語名は「lost sex of a widow」である。

「性器の被奪」の部分は、いうまでもなくあの女性団体の職員のせりふから取った。その

AVらしからぬサブタイトルも、インパクトを与えるのに十分であったから、ある意味ちせちゃんは、彼女に礼を言ってもいいのかもしれない。

　この作品の撮影後、ちせちゃんは女優を引退し、自分でアダルトビデオ製作会社を作り、社長に就任、本格的に業界から「レイプ作品」を一掃することに精力を傾けることになる。副社長はきりこ、相談役をラムセス2世にしたいところであったが、

「猫には猫の領分いうのんが、ありますので。」

　という、ラムセス2世の言葉で、ちせちゃんはあきらめた。その代わり、ラムセス2世に敬意を払って、会社の名前を「有限会社ラムセス」にした。

　有限会社ラムセスは、伝説的な女優、出井ちせの名前もあり、優良な企業となった。ただ、女性人権団体から、

「レイプ作品の一掃は素晴らしい活動だが、そもあなたの職業が女性差別であるし、後家、という言葉も、未亡人、という言葉も、差別用語である。あなたがしなければいけないことは、あなたの職業の一掃と、差別用語の撤廃である。」

　という類《たぐい》のことをちょくちょく言われるようになるのだが、「女性の人権」云々には興味がないちせちゃんの、

「なんか自分ら、めんどい。」

という発言により、彼女らを敵に回すことになる。
ちせちゃんの人生は、闘いの人生である。

さて、「性器の被奪」という、サブタイトルであるが、ある女性の役にも立った。

ちせちゃんときりこが借りた、市内の雑居ビルのオフィスに、その女性はやって来た。

きりこは、ラムセス2世と共に、彼女の到着を待っていた。もう「分かって」いたのだ。

きりこはその四日ほど前に、夢を見た。

白いブラウス、赤のチェックのスカート、分厚い眼鏡をかけた女の人が、泣いていた。

まただ、と、きりこは思った。きりこはその頃には予知夢を見た途端、夢の中でこれが予知夢である、と分かるようになっていた。普通の夢との違いや、夢を見ている自分を意識するやり方などは説明が出来なかったが、とにかく「分かった」。何度でも言うが、きりこは、猫のように生きてきたのだ。


ちせちゃんの予知夢を見てから数年、きりこはさまざまな予知夢を見てきた。彼女は二十四歳になっていた。

一番有名で、界隈《かいわい》の猫に喝采《かっさい》を浴びたのが、二十一歳の誕生日前日に見た、元田さんの予知夢であった。

「しあわせひろばですー。」

の布教を相変わらず続け、広場への献金（その頃には「植樹」になっていた）を続けていた元田さんであったが、一向に憧れの「耕人《こうと》」にはなれないでいた。

やきもきしている元田さんのそばで、きりこが見た夢は、次のようなものであった。

広い畑、たくさんの人が青々と作物の育った自分の土地で笑っているのだが、元田さんだけが違った。彼女の土地は痩せており、作物が育たないのだ。せっかく育った一本の苗も、彼女は誰かにとられてしまったらしく、「返して」「私にだってそれをもらう権利はある」と言って、泣いている。

きりこの予知夢では、皆泣いている。きりこはどうやら、人の「悲しみ」に反応するタイプの能力を持っているらしかった。それは自然の成り行きとも言えよう。きりこは、十代のほとんどを、悲しみの沼にどっぷり体を浸すことに費やしてきたのだ。

元田さんは、きりこが夢を見てから数日後、「しあわせひろば」で悲しい思いをする。二人の「大耕人」が、元田さんのことについて話しているのを聞いてしまったのである。

元田さんは、つい数日前、「自分は多額の献金（植樹のほうだ）をしているし、布教活動も他の人の数倍頑張っている。まだ夫が帰って来ない、ということはまあ言わないでおくが、せめて耕人にしてほしい」と訴えていた。その返事を聞きたくて、元田さんは幹部の部屋（団体内では「希望の小部屋」、と呼ばれている、三十畳ほどの大きな部屋だ）へ行った。その扉の前で、元田さんは、尊敬している大耕人らの話を、聞いてしまったのだ。

「元田さんが耕人になりたい、と言っている。」

「そうか、それは出来ない。」

「彼女からは、もっと取れるからな。」

「そうとも、彼女からは、もっともっと取れる、ひひ。」

「ひひひ。」

彼女は、泣いた。

夫が帰ってこないばかりか耕人になれないばかりか、彼女はただの金づると思われていたのだ。だまされた、と気づくには遅かった。彼女はすでに一千万近くの「小作料」を彼らの「畑」に使ってしまったのだ。植樹や田植えを誰より熱心にしておいて、「お前は耕す人ではない」と言われる世界が、どこにあるだろうか。

ラムセス2世を「鬼畜」と呼び、応対した両親に「あなたがた、性交から離れていませんか？」と「性的ムードの高まる稲穂」を売りつけようとした元田さんのことを、もちろんきりこもラムセス2世も好きではなかったが、彼女の「悲しみ」は、放っておけなかった。

きりことラムセス2世は、ちせちゃんのときと同じように、元田さんを探して団地内を歩いた。近寄ってきた猫たちは、

「こないだあいつに石を投げられた。」

「中指っぽいものを立てられた。」

と、散々不満を訴えたが、それでもきりこたちについていくことは、やめなかった。

元田さんは、すぐに見つかった。コの字公園のベンチに座って、ぼうっと、空を見ていた。はからずもそこは、元田さんが初めて、きりことマァマを見た場所であった。たくさんの猫たちに囲まれたきりこ。それは、ちせちゃんが見たきりこの印象とまったく同じであった。こちらをじっと見つめる猫の大きな瞳《ひとみ》と、お姫様のような服を着たきりこの佇《たたず》まいは、どこか胸を打つものがあったし、元田さんにとって、この時期、この場所できりこを見る、ということも、特別な意味を持っていた。

初めてきりこをここで見た、あのときが、元田さんにとっては、一番幸せな時期であった。フィリピン人の女の子の泣き声を忘れよう、肌を覆っていた墨の陰影を忘れよう、そ

の代わり、今、私の手の中にある幸せ、夫の後姿、ともひこの小さな手、それを、絶対に離さないでいようと誓っていた、あの日。

自分の悪行のせいなのか、夫は帰って来なくなり、誰よりも愛していたともひこも、髪を染め、暴言を吐き、どこかへ行ってしまった。救いを求めた「しあわせひろば」は、私のことをただの金づるであると笑っている。私はやはり、幸せにはなれないのだろうか。あの日、この場所で、ともひこが遊ぶ姿を見ていたときのように。

そこに現れた、きりこだ。

あの子。

と、元田さんは思った。

A棟の家の子だ。あんな顔だから、さぞかし辛い人生を歩むだろうと思っていた。そしたら、案の定そうだった。学校へも行かず、一日家で眠っていると、聞いた。「豊かな学校生活を送れる稲穂」を、売りに行ったたっけ。あのとき、どうしてあの子の両親、私があこがれた白いモカシンシューズをはいていた、あの美しい母親は、笑っていたのだろう。

「私たちは、幸せですから。」

そう言って。

「きりこがいてくれるだけで、いいんです。」

最近になってまた、団地内や近辺で、彼女の姿をよく見かけるようになった。大学などへは相変わらず行っていないみたいだが、二十歳を過ぎているであろう彼女の、あの恰好は、目を疑うものであった。パフスリーブの袖、レースがたっぷり縁取られたふわふわのスカート、胸には夜のように真っ黒に光る、卑しむべき猫。道行く人は皆、彼女を見て笑った。すれ違ってから、指を頭へ持っていって、意地悪く、くるくると回す者もいた。小さな子などは、あからさまに「ばけもの！」などと叫んで、逃げて行ったりもした。

しかし、彼女は一向に気にしない様子だった。

胸に抱かれた猫の、喉を鳴らす音を聞くかのように屈《かが》んでみせる彼女の表情には、「悲しさ」も「狂気」もなかった。彼女は、ただ歩いていた。

歩く人はたくさん、バカみたいにたくさん見てきた元田さんであったが、彼女のように「歩くために歩いている」人を、見たことはなかった。彼女は自然だった。そして、幸せそうだった。自分が自分でいることがたまらなく嬉しい、という風に、短いスカートを揺らして、歩いていた。

今、あの女の子が、じっと自分を見ている。いつも抱いている黒猫は、彼女の足に体を寄り添わせ、他の猫たちは、そうするのが義務である、と言わんばかりに、律儀にこちらを見つめていた。

元田さんは、泣いた。

両親に、「いてくれるだけでいい」と言われた、醜い女の子は、何も言わなかったが、

「あなたの過去は分かっている。」

と、その目が言っていた。笑っているようにしか見えない、小さな小さな目。

「あなたの過去を隠す必要はない。」

きりこを囲んでいる猫たち。「畑」を荒らす動物たちは、おしなべて皆鬼畜である、といわれていた、その悪の最たるところにいた猫たちの、あの美しい目。私は石を投げ、中指を立て、呪詛の言葉を口にしたが、猫たちは今、静かに私を見ているだけではないか。

「あなたは、あなただ。他の誰でもない。」

元田さんは、泣いた。泣いた泣いた泣いた泣いた。


元田さんは「しあわせひろば」をやめた。

もともと極端な性格ではあったが、その日から元田さんは、きりこに心酔するようになった。きりこの予知夢のことを聞いたわけではない。ただ、きりこにじっと見つめられたあのときから、元田さんは変わったのだ。

猫を、可愛がるようになった。というより、尊敬するようになった。元田さんの急激な姿勢の変化に、団地中の人が戸惑いを見せたが、猫たちは喝采をあげるばかりであった。そして、元田さんが猫たちの立派さを褒めると、皆口々に、

「分かっている。」

「というより、分かっていた。」

と、鳴いた。元田さんはその鳴き声、あれほど忌み嫌った猫たちの鳴き声を、聞き逃すまいとするかのように、熱心に耳を傾けるようになった。そしていつしか、きりこのように、猫の言葉が分かるようになった。

元田さんが、過去を隠すことなく、元田佳代子《かよこ》その人として、ただ生きようと決意をした頃、家を出ていたともひこ君が帰ってきた。

ともひこ君のことも、きりこは夢に見ていた。きりこはそれを、元田さんに話した。ともひこ君が、両手を血まみれにして、呆然《ぼうぜん》として立っている。「こんなことしたくないのだ」と言って、泣いている、と。どういう意味かは分からないが、ともひこ君は、あなたの助けを必要としている。

元田さんは、立ち上がった。ともひこ君の行方を捜しあて、抱きしめ、嫌がられても、ともひこ君から離れなかった。私はここにいる、と言った。他の誰でもない、あなたの母

親はここにいるのだ、と言った。

ともひこ君は、恋人に理由もなく暴力をふるってしまうのだと告白した。恋人が、自分から少しでも注意をそらすと、悲しくて腹が立って、気がついたら殴ってしまっているのだ、と。

ともひこ君は、小さな頃、自分より「しあわせひろば」にのめりこんでいく母親を見て、いつも寂しかった。団地の皆に母親のことを馬鹿にされるのが、悔しかった。こっちを見て、こっちを見て。いつも母親に、心の中でそう訴えかけてきた。ともひこ君はもう大人であったが、母親が注視し、慰め、慈しみ、愛するには、遅い年齢ではなかった。いや、愛情を受けるのに手遅れの年齢など、あるだろうか。

猫たち、特に雄の猫たちはともひこ君に、雌の尻《しり》の匂いの嗅《か》ぎ方、その上手なやり方を教えた。

猫たちの肉球は柔らかく、誰も傷つけることはないのだと、ともひこ君に言っていた。

有限会社ラムセスの扉をノックした女の人は、ちせちゃんときりこに、こう言った。

「あの、私、『あなたの心を取り戻す会』の者です。」

ちせちゃんは、ここぞとばかり、こう言った。

「ノックしなくてもいいんですよ、あれはなんていうか、比喩ですから！」

扉には「勇気を出して、ノックしてください」などの張り紙はなかった。ちせちゃんはただ、比喩という響きが気に入っただけだ。

きりこの見た夢は、こんな夢だった。

女の人が、たくさんの洋服に囲まれて、泣いている。周りにあるのは可愛い服ばかりなのに、彼女が着ているのは、きりことちせちゃんが見た、あのチェックのみすぼらしいスカートと博物館陳列品もののブラウスであった。彼女は、「嘘をついたわけではないんです」と言って、肩を震わせていた。彼女と目が合った瞬間、きりこは目が覚めた。

ママと同じくらいの年かなと思っていた女性（名前を押谷《おしや》さんと言う）は、実はちせちゃんよりふたつ年上なだけであった。あの団体の手伝いをしている（正式には「していた」、彼女はあの団体を辞めてきたのである）から、もちろん彼女も「心を被奪された」経験がある。

十七歳のとき、彼女は「その」経験をした。そのとき、彼女は今ほどではないが、地味な女子高生であった。ちせちゃんのように華やかでも官能的でも美人でもない、きりこほどではないが、どちらかと言うとぶす、な女の子だ。

彼女は知らない男に車に連れ込まれ、「彼奪」された。悲しみにくれ、当然怒りに燃えた。両親に言い、両親と共に警察へも行った。警察はちせちゃんのときと違い、心から同情している、という態度を見せてくれたが、犯人が捕まることはなかった。

彼女は、心の傷をずっと癒《い》やせなかった。両親はなんとか彼女に立ち直ってもらおうと努力してくれたが、彼女が少しでも短いスカートを穿《は》いたり、肌の出た服を着ると、「それはいけない」と言って、たしなめた。「家から出てはいけない」とさえ言った。彼女は両親に、どんどん反発するようになった。

「私の心は誰にも分からない!」

そして、ある団体へ行った。「あなたの心を取り戻す会」とは違う、レイプ被害者の会だ。彼女はそこで、なんとも奇妙な体験をすることになった。

受付の人も、カウンセリングに当たった人も、お茶を持って来てくれた人も、皆、なぜか「美人」ばかりだったのだ。「可愛らしい」タイプもたくさんいたし、可愛らしさと美しさを両方持っている、という女もいた。彼女たちは、押谷さんに優しく接してくれたが、押谷さんは、言い様のない劣等感にさいなまれた。

「こんな可愛い、美しい人たちだもの、男の人に狙われるのは当然かもしれない。」

そこで、どういうわけか、彼女は自分が「恥ずかしく」なった。可愛くない自分が、男の人に襲われたことが、恥ずかしくなったのだ。

「嘘をついているわけではない。私だって傷ついているのだけど、でも、私みたいな女が被害者ぶるのは、おかしいのではないか。私の気持ちは、この人たちには、分かってもらえないのではないか。」

両親が、彼女の着る服の注意をするわけが、そのときになって分かった。肌を出すこと、短いスカートを穿くこと、それ自体が悪いことなのではない。「私みたいな」女が、肌を出したり、短いスカートを穿くことがおかしいのだ、と。

きりこはその話を聞き、「心を取り戻す会」の久方さんの恰好、押谷さんのおどおどした態度と、自分へ向けられた異常な共感を持った視線を思い出した。ああここにも、自分の「容《い》れ物」にとらわれている人がいる、そう思った。

押谷さんは、続けた。

「おふたりが来たとき、出井さんやなく、きりこさんが被害者やと思ったんです。ていうより、そうであってほしい、と思ったんです。失礼なこと言うてすみません。私の気持ちは、出井さんのように美しい人には分からない、て。でも、それは間違った考えでした。美人だから、**ぶす**だから、じゃなく、自分の胸の痛みは、自分にしか分からない。自分以外に、自分を上手に慰めてあげられる人はおらんのや、て。」

押谷さんはちせちゃんを見、それからきりこを見て、泣いた。

その頃にはきりこは、そういうことには、慣れていた。

自分には、人の涙を誘う「何か」があることを、分かっていた。きりこはそれを特殊なことだとは思わなかったし、自分が並外れてぶすであるということが原因であるとも、思わなかった。ただ、全身くまなく、押谷さんに自分を見てほしかった。ぶすのきりこではない、ただの「きりこ」を、じっくり見てほしかった。

押谷さんは、そうした。初めからそうするつもりで、きりことちせちゃんに会いに来たのだ。押谷さんはきりこを、ちせちゃんを、じっと見つめ、見続け、そしていつしか、じっと、自分を見るようになった。

押谷さん「そのもの」を、見るようになった。

経営に関してはいい加減なきりことちせちゃんであったから、真面目な押谷さんは経理にぴったりだった。

有限会社ラムセスは、百戦錬磨の元女優の社長と、処女の副社長と、一度強姦されただけで後、性交の経験のない経理という、アダルトビデオ業界の会社としてはいささか変わった組織になった。

ラムセス2世は、

「性交の回数を三人合わせると、ちょうどいいかもしれませんね。」

と言った。きりこも、それに賛成した。

さて、こうた君である。

彼はここに来て、またきりこの前に登場する。

きりこの初恋の人、そしてきりこの輝かしい少女時代を、図らずも奪ってしまった人。

こうた君は、運動神経のいいハンサムな男の子からぶっきらぼうな不良、という、人間界においてモテてしまう男子の王道を歩んできたが、ちせちゃんに恋をしてしまったことで、いささか人生を狂わされた感がある。

初体験は十四歳、それから彼女をたくさん作り続ける、という当然といえば当然の毎日であったが、心のどこかで初恋の人を忘れられないでいた。そんな、心の奥底に持っている純粋な気持ちや、時折彼女を忘れて物思いにふけっているところなどが、また女の子の心をくすぐる、ということを彼は知らなかった。

こうた君がちせちゃんに再会したのは、十八歳のときであった。いや、再会、とは言えない。

こうた君は、友人たちから「ものすごいヤリマンの女がいる」「そしてその女は、レイプされたと訴えているらしい」という噂を、聞いていた。しかし、そのときはまだ、その女の子がちせちゃんであるとは、知らなかった。

ある日、彼が小学校の前を通りかかったとき、ジャンプのおっさんが屋台を出しているのを見つけた。「ああ、懐かしい。まだいるのか」という気持ちでそこに立ち寄り、煙草を吸いながら、小学生らに交じって発売前のジャンプを読んでいると、ふと、首筋のあたりがモゾモゾするのを感じた。この感じ、何もしていないのに照れくさく、誰かに柔らかな唇で体をこそばされているような甘い感じは、彼にとって、懐かしいものだった。

ほとんど確信して振り返ると、そこにはちせちゃんがいた。

もう、セーラー服を着てはいなかったが、彼女はあのときと変わらない、細くて白い足をすう、すう、と前後に出しながら、甘やかな雰囲気をふりまいて、歩いていた。こうた君は、煙草の灰を落とすのも忘れて、その姿に見とれた。

声をかけることも出来た。そのときの彼は、すでに性交を済ませており、女の子にどうやって声をかけるかぐらいは、分かっていたのだ。しかし、ちせちゃんを目の前にすると、こうた君はたちまち、六年生の男の子に戻ってしまうのだった。

ちせちゃんが、数メートル離れても分かる、いい匂いをさせて通り過ぎようとしたとき、ジャンプのおっさんが言った。

「そら、一発やりたなるわ。」

そのとき、こうた君はすべてを悟ってしまった。

ジャンプのおっさんは、小学生がたむろする中、明らかにこうた君に向かって、その言葉を言ったのであり、その目は、淫猥《いんわい》な色に輝いていた。それは、「ヤリマンの女」「レイプされた」と言うとき、皆の目の中に宿っていた光と、まったく同じ色だった。

初恋の人を侮辱されただけではない、こうた君は自分の輝いている少年時代が、完全に過去のものになってしまったことを、知ったのだ。

理性や我慢、というものを育むことは、こうた君の人生では難しかった。自分が少しでも視線を投げれば、女子生徒たちはぽうっと頰を赤らめたし、不良仲間たちといて、何か少しでも気に入らないことがあれば、口にするより先に、手が出た。

今回も、こうた君の我慢や理性は、働かなかった。

気がつけば、ジャンプのおっさんが屋台の「上で」泡と血を噴いていた。打ち所が悪かったのか、何なのか、ともかくそばにいた小学生たちはジャンプを放り出して逃げた。おしっこを漏らす者や、少し走ってから思い出したように戻ってきて、ジャンプをまんまと盗む者もいた。

後々、ジャンプのおっさんは、月曜発売のジャンプを金曜に売るよりも狡猾《こうかつ》に、こうた君がやったことを、訴えた。こうた君は傷害罪に問われることになった。そして、刑務所へ入った。

こうた君は思わぬ形で初恋がめちゃくちゃになった上、不自由な生活へのストレスから、出てくる頃には、さらなる凶暴さを身につけていた。後は面白いように、転落の人生であった。彼は暴力団の構成員の真似事などをしながら、二十代を過ごした。

ふと、こうた君が自分の人生を振り返ったとき、彼は三十を過ぎていた。構成員をまだ続けていたが、所詮《しょせん》真似事、しかも、彼は頭が悪かった。足が速く、ハンサムで、喧嘩《けんか》が強い、というのはもちろん男子にとっての美点ではあるが、悲しいかな年を重ねれば、それだけでは生きていけない。

頭脳だ。

女性は違う。唇をてかてかに光らせ、上目遣いで彼を見て「すごーい！」の一言でも言ってやれば、男性はいちころ、だ。少しくらい頭が悪くたって、可愛ければいい。いや、むしろ、頭がいいより、悪い方がいい、という男性は多い。少なくとも「自分より」劣っている方がいい、と。

きりこの同級生、あずさちゃんを敬遠する男の子の心理は、大人になってもずっと変わらない。余談であるし、きりこの人生に今後関わることはないのだが、あずさちゃんは以降ずっと、男性から敬遠され続けた。能力があり、男性より背の高い自分を恥じることはまったくなかったが、少なくとも、自分を敬遠する男の器量の狭さには、辟易《へきえき》した。あずさちゃんはいずれ随分年下の男と結婚するにいたるが、彼は手放しで彼女を褒め、尊敬していると言った。童顔の、自分より十も年下の男であったが、今まで会った、彼女に卑屈な目を向けてきたどの「男性的」な男性よりも、

「あなたは男らしいわ。」

と、あずさちゃんは夫を褒めた。

さて、あずさちゃんのような女性を避ける、「男性的」な男性の話だ。

年齢を重ねれば重ねるほど、彼らに求められるのは、頭の良さ、もしそれがかなわなければ、頭のいい人と同等に稼げる技術、ということになる。つまり、経済力がないと、女は男になびかなくなるのだ。

こうた君は純粋な男だったし、足が速い、ハンサム、喧嘩が強い、ドッジボールのボー

ルが速い、という王道を歩んできたため、そのことに気づくのが、遅かった。

こうた君はある時期から急に、周りの人間に馬鹿にされたり、アゴで使われるようになった。クレジットカードを作ることが出来ず、家を探すのに苦労し、何より、モテなくなった。

なんじゃそりゃ、と、こうた君は思った。

足速いのね、恰好いいのね、喧嘩強いのね、などと散々もてはやしてきた女たち、あの、可愛い女子生徒たちは、どこへ行ったのだ。こうた君が少しでも思いを込めて目を見れば、すぐさま腕の中に飛び込んできた、女の子たちは⁉

クレジットカードを作れない、定職についていない、ハンサムで足が速くて喧嘩の強い男より、ゴールドカードを作れて、高給をもらえる職についていて、勉強ばかりしていたから顔色が不健康で、喧嘩も弱くて、運動神経ゼロの男のほうがいいのだ。

いつから？

女たちはいつから、こうた君のような男から、金色高給軟弱男に鞍替《くらが》えするのだ？

これはまったく、理不尽なことである。

元々こうた君のようなタイプも好きで、軟弱ガリベン男もまんざらでもない、と思っていたのなら分かるが、こうた君のようなタイプを好きな女の子は、大抵、軟弱ガリベン男

を心から馬鹿にし、蔑《さげす》んでいた。大人になってから、

「彼らのいいところに気づいたの。」

などと、言い訳は出来ないだろう。彼女らは、正反対の人間に鞍替えしたのである。

つまり彼女たちは、中学生や高校生など、親の庇護《ひご》の下《もと》にあり、彼氏が自分の人生に及ぼす影響がそれほどないときには、こうた君のような「足の速い」「喧嘩の強い」「ハンサム」な男の子、「友達に自慢出来る」タイプの男の子に群がるが、いざ結婚などを考え、相手が自分に及ぼす影響が大きくなればすぐさま、「軟弱」でも、「ガリ勉」でも、「ぶさいく」でも、「金がある！」男に群がるのである。

人間の女というものは、かくも残酷で、現実的なものなのだ。しかもその「現実」というのも、彼女たちの思う「現実」である、という勝手さ。

体の強いあなたなら、尻《しり》の匂いを嗅《か》がせてあげてもいいわよ、という雌猫、「屈強である」や「生命力に溢れている」「喧嘩が強い」雄猫たちを、徹底的に選び通す雌猫たちの芯《しん》の強さは、彼女らには、ない。

そもそも猫の「現実」と、人間の女たちの「現実」は、違う。

人間の「現実」は、「大きな家」が、「立派な車」が、「綺麗《きれい》な庭」が、「本物の宝石」があ
る世界である。その形は三角だったり四角だったり、どちらかに寄っていたりどこかが

すかすかだったり、とてもいびつなものである。

しかし、猫の「現実」は、ひとつ。

世界は、肉球よりも、まるい。

ラムセス2世が生まれてすぐに悟ったこと、を、猫たちは律儀に信じ続けているのだ。

肉球よりも丸い世界、で、子供を、作り続けること。


すっかり参ってしまったこうた君は、ある日、泊まろうと思って入ったビデオ鑑賞室で、初恋の人を見つけてしまう。言うまでもなく、ちせちゃんである。こうた君がこの年、三十三歳になるまでちせちゃんの現状に気づかなかったことが不思議であるが、こうた君は衝撃を受け、彼女のことを調べ上げた。そして、株式会社ラムセスの存在を知ったのである（どうして株式会社になったのかは、後述）。

かくして、こうた君は、初恋の人と再会するにいたった。

ちせちゃんは、株式会社ラムセスを訪れたこうた君を見て、

「あら？　性交すると気持ち良さそうな男やわ。」

と思った。それは当たっていた。こうた君は、数々の経験を重ね、なおかつ野性みを加

えたその体で、女の人を喜ばすことが出来るようになっていた。

ちせちゃんは、とことんまで平等だった。

「喧嘩が強そう」「恰好いい」「友達に自慢出来そう」「お金を持っていそう」「ずっと面倒見てくれそう」などという細かい条件は、男を選ぶ際の彼女の頭には、なかった。「性交が良さそう。」

彼女は初めての経験をした十四歳からずっと、一貫してそれだけを基準に、男性を見てきた。こうた君がどれほどモテたか、足が速いか、喧嘩が強いか、「社会的」地位が低いか、お金がないか、などは関係がなかった。今、目の前に立っているこうた君の、その全身から発している性的な空気、それだけをちせちゃんは、信じた。

こうた君は初恋から二十二年の歳月を経てやっと、ちせちゃんに認めてもらえるような男になったのである。皮肉なことに「社会的に」男として認めてもらえなくなった今、になって。

さて、もうひとり、同じ歳月を経て、初恋の人に再会した人物がいる。

言うまでもなく、きりこである。

こうた君は、きりこのことを覚えていた。

こうた君は、きりこがあの当時と変わらない、ふりんふりんの服を着ていることに、驚いた。自分が「ぶす」と言ってきりこを傷つけたことを忘れていたし、そしてそれが原因で、きりこに辛《つら》い青春時代を送らせてしまったことなど、思いもよらなかったが、きりこのその恰好、そして、きりこの膝《ひざ》に抱かれている黒猫の存在は、覚えていた。

こうた君は、きりこに話しかけた。

「猫や！」

きりこには、その言葉だけで十分だった。

二十数年ぶりに、こうた君に話しかけてもらい、目をしっかり見てもらい、感激した(挙句、漏らした一言は、七歳の頃と、まったく変わっていなかった！)、というのはもちろんあるが、何より、きりこは、はっきり分かったのだ。

こうた君がオフィスに入ってきたときから、自分の初恋、ひいては、今までずっと抱き続けてきた恋心は、消え去ったのだと。

こうた君は、きりこの好きな、こうた君ではなかった。

色気のある垂れ目や、斜めにひねる口や、さらさらと風になびく髪の毛は、もうそこにはなかった。代わり、坊主頭に流星のように引っ張られた傷や、構成員時代、喧嘩でつぶされた左目や、誰かを罵倒《ばとう》するのにちょうどいい歪《ゆが》んだ口が、あった。

きりこは驚いた。

これほど容姿が変わってしまったことではなく、これほど容姿が変わっても、こうた君が「こうた君」であり続けているということに、驚いたのだ。

それは、きりこが散々実感してきたことのはずだった。

体は容《い》れ物に過ぎず、「きりこ」は「きりこ」以外の何者でもない、「ちせちゃん」は「ちせちゃん」だし、「押谷さん」は「押谷さん」である、と。

でも、今目の前にいる「こうた君」は「こうた君」だけれども、自分はどうしても、「こうた君」を見て、心から、がっかりしてしまっているのだった。

あの「こうた君」は、自分の好きな「こうた君」ではない。

私の好きな「こうた君」は、さらさらの髪で、輝いている目で、はにかんだ唇で、……


そのとき、きりこは気づいた。

自分だって、「容れ物」にとらわれていた。

こうた君を見ていたのではない。私は、こうた君の「容れ物」を、見ていたのだ。

きりこを庇《かば》うわけではないが、きりこがこだわっていた「容れ物」は、「こうた君」だけである。すずこちゃんや、ノエミちゃんや、さえちゃんやみさちゃん、その他皆のことは、「容れ物」度外視、つまり「中身」で見てきたきりこだ。その視線は本当に平等で、嘘がなかった。だからこそきりこは、自分が「**ぶす**」であると言われ、傷つけられたことを理解出来なかったし、耐えられなかった。

しかし、たったひとりであるとはいえ、容姿が変わってしまったことで、初恋の人に、心からがっかりしてしまっている自分がいるのだったら、自分が過去、皆に「**ぶす**」だと言われたのは、仕方のないことかもしれない。

きりこは本当に、頭のいい人間である。

「何より、」

さらに気づいたきりこは、もう、声に出してしまっていた。

「うち、自分のこと、」

こうた君も、ちせちゃんも、押谷さんも、他の社員たちも、きりこを見た。

「ものすごく可愛いって、思ってたやんか！」

皆、ぽかんとした顔で、副社長を見た。一番面食らったのが、初めてオフィスに足を踏み入れた、こうた君である。無理もない。

「うちは自分のこと、可愛いって思ってた。世界一可愛いって、思ってた。でもその『可愛い』の基準が、世の中と違ってただけやった。それに、うちは傷ついて、容れ物は関係ない、自分の好きなようにするんや、て、思った。思うように、した。でも、」

副社長に全幅の信頼を置いている、株式会社ラムセスの社員たちは、皆、ぽかんとするのをやめて、きりこを、ちゃんと見た。

「もし、うちの『可愛い』基準が、世の中の『可愛い』と、合《お》うてたら？」

ラムセス2世は、きりこの膝で丸くなりながら、耳をぴくりと動かした。

「うち、うちは、もしかしたら皆のこと、『可愛い』か、『そうじゃない』か、『恰好いい』か、『そうじゃない』か、ていう基準だけで、見てたんとちゃうやろか。」

ラムセス2世は、うんと、伸びをした。

「うちは、『ぶす』で、良かったんや！　こうた君を恰好いいかどうかだけで見て、こうた君に『可愛い』て言われてたら、な、うちはずっと、『可愛い』かそうじゃないかの基準だけで、生きていくことになってたんやと、思う！」

ラムセス2世は、思った。

それでこそ、わが、きりこだ。

「ほんで今、こうた君に会わんかったら、」

こうた君は、急にきりこに名指しをされたので、驚いた。

「うちは、ずっと、人間には『中身』しかないんやって、思ってたと思う！」

皆が潤んだ目でこちらを見るので、こうた君は面食らった。しかし、どうやら悪い話ではないらしい、と、少し安心した。

「ラムセス2世！」

きりこが言った。

「分かってます。」

ラムセス2世はそう言って、優しく喉《のど》を鳴らした。何度も、何度も言うが、それは、きりこが世界で一番、一番、好きな音だった。

「うちは、容れ物も、中身も込みで、うち、なんやな。」

そうです。

「そんで、」

そう。

「今まで、うちが経験してきたうちの人生すべてで、うち、なんやな！」

それでこそ、わが、きりこだ！

思った。

それでこそ、わが、きりこだ‼

私は、そう、思った。

私を見つけ、つぶれた鼻で、白玉を投げだし、犬の点みたいな目をして、私を抱き上げ、難解な歯並びをして、頬ずりし、ずるずると頼りない輪郭をして、ずっと眠って、アゴからすぐ首で、猫たちと話し、悲しさを背負って、喜びに気づく。

ぶすの、きりこ。

きりこの、すべてが、きりこ、なのだ！

そして私は、そんなきりこを、愛したのだ！

もう、お気づきか。

私は、ラムセス2世である。


少なからず、読者諸君を「だまされていたような気分」にさせたのなら、申し訳ない！

この記述を今まで続けてきたのは、誰あろうラムセス2世、私である。

猫がここまでの知能を持つことに、皆は驚いているだろうか。いや、もう驚きはすまい。

ラムセス2世の活躍（出来るだけ客観的に書いたつもりだ）を、他の猫たちの知性を、散々書いてきた今となっては、これくらいの文書を書けるのは当然であろう、と思ってくれていることと思う。

これを記述するのに、疲れた私の肉球をエロティックにマッサージしてくれたちせちゃんや、数々の知恵を私に譲ってくれた亡きおぼんさんや、情報収集に奔走してくれた仲間の猫たち、そして何より、私を見つけ、共に育ち、私の才能を誰よりも早く見抜いてくれ、急に「ペット」を辞書で引いてくれ、と言った私を疑わず、ページを開いて見せてくれた、わが、きりこに、サンキューベリーマッチです。

さて、ある事情から、株式会社ラムセスや、その周りの人たちのことを、まとめて記述しようと思う。

元田さんの夫は、結局元田さんのもとを去り、不倫相手と再婚するに至った。相応の慰謝料と生活費をもらったからだけではなく、元田さんのその後は穏やかであった。猫を愛し、「鳥獣の飼育禁止」という項目を、組合とかけあって撤廃し、団地内の動物好きの人たちに感謝された。そして、自分は死ぬまでに七匹の猫と暮らした。どの猫も、

「うちの同居人はいい奴である。」

「なかなか猫のことを分かっている。」

と言っており、元田さんの過去を知っている猫は口々に、

「あの元田さんがなぁ！」

「あの元田さんがなぁ！」

「しかし、そうなることは分かっていたよなぁ！」

「分かっていたよなぁ！」

と、鳴いた。

ともひこ君は、父に捨てられた母を見て、女性に対する暴力をきっぱりとやめた。決意に満ちて就職した、エステティック・サロンの会社で出会ったエステティシャンと恋に落ち、結婚してふたりの子供を儲《もう》けた。猫のしっぽのように、賢い赤ちゃんだった。

ちせちゃんとともひこ君と共に、きりこを初めて見たゆうだい君も、いつの間にかきりこと再会することになり（きりこはゆうだい君の夢を見ることはなかった）、ゲイであることを打ち明けた。きりこの周りには、ゆうだい君の告白に驚く者はいなかったし、馬鹿にする者も、「それってどんな気持ち？」と聞く者もいなかった。ゆうだい君は、皆にとってただの「ゆうだい君」であった。

ゆうだい君は、バイタリティのあるちせちゃんを慕うようになり、株式会社ラムセスに入った。そして、AVのジャケットやアートワークもろもろを一手に引き受ける、優秀なデザイナーになった。ゆうだい君のスタイリッシュなデザインのおかげで、ラムセスのビデオは、女の子たちにも受け入れられるようになった。

押谷さんは職業柄か、並の女性の数倍の性技を覚えてしまい、人生二度目の性交の際にそれを披露、相手の男性に、

「相当経験してきたのですね。」
と言われたが、傷つくことはなかった。彼は彼女のことを「地味なくせに」とは思わなかったし、思っていたとしても、性交の気持ちの良さを前にしては、どうでも良かった。男性と押谷さんは結婚したが、お互い敬語をやめることはなかったし、押谷さんが株式会社ラムセスを辞めることも、なかった。

すずこちゃんは、モデルになった。しかし、なまじカニィちゃんに似ている、という容姿が災いして、あまりパッとしなかった。三十歳になって、モデルだけでは食べていけない、と思ったとき、周りにたむろする男性の数が極端に減っていることに気づいた。彼らは、若くて可愛らしいすずこちゃんには、気絶するほど優しかったが、歳を重ねていく彼女には、興味を持てないみたいだった。それも仕方あるまい、とすずこちゃんは思ったが、空しさは払拭《ふっしょく》することが出来なかった。

事務所の社長に「女優になったらどうだ」と持ちかけられ、それがすずこちゃんの思う女優ではなかったため、泣いた。その涙を、また嗅ぎ分けたのが、きりこであった。すずこちゃんは株式会社ラムセスで働くことになり、生まれて初めて、デスクワークをした。しかし、きりこの指示「すずこちゃん、これ明日までに書類に打っといてー」「お茶よっついれてー」などは、不思議と心地よかった。それは小さな頃、自分にシロツメクサの冠を編ませた、そして、編んだ冠を褒め、「キャロラインちゃん」という可愛らしいあだ名をつけてくれた人の、潑剌《はつらつ》とした声だった。

ノエミちゃんは、お母さんとお父さんが離婚し、母国であるスウェーデンと日本を行ったり来たりする生活を送った。相変わらず太り気味なことを気にしてはいたが、ノエミちゃんの三倍はあるスウェーデン人の男性と出会い三男二女を儲けた。子供たちは皆、猫の肉球のように丸々として、可愛らしかった。

みさちゃんは相変わらず、カリスマ少女漫画家として人気を博していた。後年、一番男性にモテたのがみさちゃんであった。ヒット作を連発して大金を得たことでのエステティック・サロン通い、人には言えない整形手術などで、彼女の容姿は劇的に変化し、美しかったが、その美しさは、何より、彼女の自信から来るものだった。みさちゃんはもう、ちっともオドオドしていなかったし、人に頼まれても嫌なことは嫌、とはっきり言った（結局、内面と外面の両方を上手に磨き上げていくことの大切さを知り、そのことに一番長《た》けたのは、みさちゃんであった）。

自分の漫画が映画化された際、監督をした男性と最初の結婚、その映画に出演していた若手俳優と不倫の後再婚、二年後に離婚して、ある編集者と結婚したところまでしか、分かっていない。みさちゃんのデビュー前の漫画（きりこが見てショックを受けた漫画だ）

は、マニアの間で五十万円の値がついている。今ではきりこは、その漫画のことを、余裕とノスタルジーを持って、思い出すことが出来る。「みぃさ」を「可愛い」と思うことも、応援することさえも、出来ます。

さえちゃんも、ひょんなことからラムセスに入社するにいたった。有限会社ラムセスを株式会社にしたのは、実はさえちゃんである。さえちゃんは猛勉強をし、税理士になっていた。容姿にコンプレックスを抱き続け、頭の中の蚊の音に悩まされ、十代のほとんどを病院で過ごした彼女であるが、いつか、男と同じ、いや、それ以上に能力をつければ何も言われることはあるまい、と思うようになっていた。しかし、彼女が目指した「平等な世界」は、なかなかそこいらへんには転がってはいなかった。彼女が成績を上げれば上げるほど、妬《ねた》み、邪魔さえしてきたのが、男であった。彼女は男がほとほと嫌になり、自分はレズビアンであると思い込もうとしたが、それでも一緒にいたいのが男性であると再認識し、自己嫌悪に陥った。彼女は真面目であったので、自己嫌悪にも非常に真面目に落ち込み、とうとうまた、精神を病んでしまった。

それを救ったのは、言うまでもなく、きりこであった。

ラムセスの税理士としてスカウトされ、入社したさえちゃんはちせちゃんの姿を見、「女らしさ」を保ったままで、男性より能力を発揮出来ることがあるのだと、今さらながら知った。彼女は真面目であったので、知ったことを真面目に享受した。彼女は幸せであった。デスクで、口をもごもご動かしているきりこが、たまに口をあけて、「ほら、まだ入ってる」と、白玉を見せてきたときは、夢を見ているのではないかと思った。きりこの口の中にある白玉は、海中に沈むうさぎ貝のように白く、きらきらと、輝いていた。

こうた君は、日雇いの仕事に就き、雨の日や仕事にあぶれた日などは、ラムセスに来て力仕事や男手のいる仕事などを引き受けた（ゆうだい君は基本「女」として扱われた）。初恋の人を間近にしての作業は、こうた君に幸福感と生の充実を久しぶりにもたらした。人間というものは、単純である分、「悪」に手を染めるのも早いが、「恋」によって「悪」を手放すことも、早い。こうた君は、ちせちゃんの、平等で堂々とした視線の前では、純粋に誰かの役に立つことの喜びを、かみ締めるばかりであった。ちせちゃんが一言、「ちょっとこれやってくれへん？」と言えば、彼はたちまち、十一歳の素直さで、駆けつけた。

ちせちゃんは、自分の性交に対する要求の素直さが、時によっては、周囲の人間を困惑させるのだということに、四十歳を目前にして、気づくようになっていた。株式会社ラムセスの成功や、女性団体や性犯罪者、数々のＡＶプロダクションとの戦いにより、彼女の心は大人に、つまり、早すぎた体の成熟に、追いついたのである。

こうた君を「性交が良さそう」と思ったちせちゃんであったが、その欲求を我慢することも出来るようになった。自分の経験してきた人生に、何の後悔も、反省すべきところもないが、自分が強姦《ごうかん》されたとき、あまりに周囲に味方をしてくれる人がいなかったのは、自分の素直すぎる性交への欲求のせいだったのかもしれない、と思えるようになった。そして、自分がおかしくない、と思うことでも、周囲がおかしいと思うことはあるし、その逆もある。私は少し、頑《かたく》なでありすぎたかもしれない。

ちせちゃんは、ある小さな裁判を担当してくれた弁護士と性交し、以来、その人としか性交を続けていない。ちせちゃんの主義にとっては驚くべきことだが、性技に長けた男性との性交を散々重ねてきた今となっては、ひとりの男性と、励ましあうような性交をするのも、悪くないのだと思えるようになっていた。性交の際、なんともいえない安心感で涙を流したのも、初めてだった。自分で、自分の体の欲求に従い、自分の体を愛することは、もちろん幸せなことであるが、自分以上に、自分の体を愛し、慈しんでくれる相手がいるというのは、もっと幸せなことであると、知った。

ちせちゃんは、以降、「愛し合うこと」を、皆に広めるよう、活動を始める。

株式会社ラムセスの作品は、いつも少し、風変わりである。

さて、駆け足で皆の「その後」を記述してきたが、駆け足には、理由がある。

ある事情、であるが、私は、明日死ぬのです。

猫は、死期を悟る、と、人間界では言われている。それは間違いではないが、完全にその通りだと言い切れない。例えば幼い猫や、健康な青年、事故に遭う者、などは、自分の死期を悟ることは出来ない。死が急に彼らに訪れ、完全に彼らの息を止めるまで、彼らは「死ぬ」ことなど、露ほども疑っていない。死んでもなお、自分が死んでいることに、気づかない者もいる。

では、死期を悟れる猫は、どういった猫か。

何千回も、何万回も、死を繰り返してきた猫である。

猫は生まれ変わる。それも必ず、また、猫として生まれてくる。他の動物、例えば人間から、猫に生まれ変わりたいと願う者は多いが、それはとても困難なことで、しかし、一度猫として生まれたからには、来世も、その次も、ずっと猫として生きていける。事故に遭った者、急な病気に冒された者、成長出来ずに死んだ者も、次は必ず、健康で聡明《そうめい》で、とてもしなやかな猫として、生まれてくるのだ。

何度も猫としての生を繰り返してきた猫は、生まれてきたときから、あることを知るようになる。

自分は、死ぬまで生きるだけの存在である、ということ。

猫たちは、死を見据えて、生きている。そしていつしか、自分の死期を悟るようになる。

大抵の猫は、自分が死ぬ、その瞬間になって初めて、「ああ、死ぬことは『分かって』いた」と思うのだが、稀《まれ》に、随分前から、自分がどのように、いつ死ぬのかをはっきり知ることが出来る猫がいる。おぼんさんがそうだった。彼女は、自分の「死ぬ」予知夢を見たことを喜び、町中を練り歩いたものだった（予知夢を見ることは、猫にとってとても名誉なことである、と先述した）。

百年以上生きたおぼんさんでさえ、二日後の死を予見出来たにすぎなかったのに、私は、十四日後の死を知ることが出来た。これは、大変名誉なことであるし、「死」を決めている何者かに、感謝しなければならない。

私は、与えられた十四日もの長い間、今までの自分の生きてきた歴史と、そして、私を見つけ、一緒に暮らしたきりこのことを、記録しておこうと思った。いささか歴史の記述がきりこに偏りすぎているのは、猫の謙虚さとシャイネス、そして猫のことをあまりに詳しく知らしめることの野暮さを、避けるためのものである。

猫は、人間にとっていつまでも、神秘の動物であらねばならない。

きりこは、私が明日死ぬことを、知っている。

彼女は、私が言ったことを、ひとつ、ひとつ、獲物を狙うカマキリのような熱心さで、聞いた。そして、言った。

「うちも、夢で見てん。」

涙は、流さなかった。

きりこは、夢の中で、散々、泣いてくれたそうだ。


きりこは、これからも株式会社ラムセスの副社長の職を、つつがなくこなす。パァパとマァマは、家から出なかったきりこが、あまり帰って来ないことを、寂《さび》しく思うようにまでなる。きりこは、いつも忙しい。

パァパとマァマは随分と長生きをするが、ふたりとも最期は可愛いきりこに見守られ、静かに息を引き取る。そのときも、きりこは泣かない。彼女の代わり、たくさんの人が、彼女の夢の中で泣いてきたのだ。きりこにとって、涙は必要なものでは、ない。

こうた君への思いであるが、最初こそ、その容貌《ようぼう》で恋心をなくしてしまったが、こうた君の「中身」への好意が、「容れ物」への執着に、追いついていくようになった。こうた君という人そのもの（「容れ物」と、「中身」と、「歴史」を持ったこうた君）を、きりこはしっかり見るようになった。

こうた君は、素直で、とてもいい男性だった。暴力衝動は消え、代わりに人気者だった頃の無頓着《むとんちゃく》さが蘇《よみがえ》ってきた（こうた君は人生をちせちゃんに狂わされたが、その人生を救ったのもまた、ちせちゃんであった）。きりこは、たまに事務所にやってくるこうた君に、改めて恋をするようになった。そして、こうた君も、きりこが、自分の「過去の容れ物」（恰好いい、喧嘩が強い、などと言って自分に恋をし、いずれあっさりと鞍替えをしてしまったような女たちが夢中になった「容れ物」だ）にとらわれず、自分そのものを見ていることに気づくまでに、大人になっていた。彼も、過去、彼女を傷つけたきりこの「容れ物」へのこだわりが薄れ、きりこの「中身」と共に、きりこを見るようになった。

ふたりがどうなるかを、書くのはやめよう。それこそ、野暮というものです。


この物語を、きりこが読むことはないだろう。

これは、私だけの、個人的な思いによって書かれている。これを見つけたあなた、おそらく人間であろうあなたが、想像力の豊かな、頭のいい人物、少なくとも、自分たち人間が世界で一番優れている、などという愚かな考えを持っていない人間、であることを、強く望む。

余談ではあるが、あなたを、立派な人間であると信じ、少しお願い、というか、提案をしてみたいと思う。

我々のような動物を使った「ことわざ」や漢字が人間界には多いが、あれは我々にとっては、納得の出来ないものが多い。

例えば、猫に関してであるが、おぼんさんや長老たちの言った「猫の額のような」や「猫の手も借りたい」「猫に小判」も、もう一度猫の額をしっかり観察してほしいし、猫の手は、忙しいときでなくとも、マッサージやジャンプに力を発揮するのだし、中にはキラキラしたものが好きな者もいるので、一度猫の前に小判を置いてみてほしい。

「猫ババする」というのも、はなはだ失礼である。猫が糞をひった後、その糞を土などで隠すことから、物を盗《と》って隠すことを言う、などと説明がされているが、猫が糞を隠すのは、最低限のエチケットであるし、清潔な者のなせる業なので、猫ババする、の意味を、「整頓する」や「綺麗にする」といったものに変えてはいかがか。

「猫をかぶる」「借りてきた猫」なども、そうだ。そんなに良い意味で使われることがないが、猫を頭からかぶる楽しさをつくづく想像してみてほしいし、借りてきた猫は、すぐに返してください。

こういったことは猫だけに限らない。いちいち挙げ連ねるとキリがないのでそこそこでやめておくが、例えば馬と鹿はたいへん賢い奴らだし、歩いていて棒に当たっている犬を見たことがないし、豚をおだて、さあ、と木を指差してみても、「え！　無理無理無理無理！」と後ずさる。いるかは「海豚」と書くが、いるかに聞いても「豚見たことないし……」と自信なさげだ。

人間たちは言葉遊びのつもりであろうが、遊びにされる我々は、いい迷惑である。

そこらへんをあなた、この物語を読んでいるあなたが、いずれ皆に忠告してくれることを、私、ラムセス2世は、強く望みます。

さて、残りわずかとなった命だ。

私は、死ぬまで生きよう。

そして最期が来たそのとき、私は言います。

「世界は、肉球よりも、まるい。」

きりこの口の中は、今日も、この世の不思議に、満ちている。ぐるぐるぐる。

解説

吉田伸子

ありがとう、きりこ。

ありがとう、ラムセス2世。

ありがとう、西さん。

ラムセス2世を選んだきりこに、きりこを選んだラムセス2世に、そして、この物語を書いてくれた西さんに。三人をぎゅぅぅぅっとハグして、そう言いたい。物語の神様がいるとしたら、神様も同じようにするはずだ。

「きりこは、ぶすである」

こんなあられもないというか、身もふたもない一文で、本書は始まる。しかも、あろうことか、「ぶす」は太字である。嫌でも目に飛び込んでくる。「ぶす」。

世の中の女という生き物にとって、この二文字は呪文《じゅもん》のようなものである。それが全く謂《いわ》れのない、通り魔的に投げつけられたような時であっても（切符売り場で小銭を出すのに手間取って焦れば焦るほど小銭が取り出せずあぁごめんなさいごめんなさいと心の中で謝りつつどうにか切符を買い終えた時すぐ後ろに並んでいた若男子からその言葉を言われた経験が、私には、ある）、その二文字は堪《こた》える。堪えるというか、秒殺で気分を十二分以上に落ち込ませる。私がぶすなわけないじゃないの、馬《ば》〜鹿《か》、と瞬時に切り返せる女は、まずいない（と思う）。

本書は、そんな呪わしい言葉の烙印《らくいん》を、のっけから押されてしまったきりこの物語である。では、どんなにぶすなのか、というと、それはもう、西さんが「どや！」と大見得きるくらいの。顔の輪郭はぶよぶよ、点のような目、アフリカ大陸をひっくり返したかのような鼻、激悪な歯並び。

にもかかわらず、きりこのマァマとパァパは、そんなきりこを「可愛い」と言って大事に育てる。親バカだから、ではない。二人にとってのきりこは本当に可愛いのだ。だから、きりこは自分がぶすだなんて思いもしないで成長する。きりこ自身が自分は可愛いと信じているため、きりこの周りも、きりこのことをぶすだとは思っていなかった。きりこの容姿に、いわく言い難い何かを感じていたとしても。

だけど、そんなきりこの蜜月《みつげつ》はあっけなく終わる。小五で生理が始まり、精神的にも周りの子たちより成長が早かったきりこは、初恋の相手であるこうた君に、ラブレターを出す。そして、玉砕する。こうた君の手に渡るより先に黒板に貼られたきりこのラブレターをはやし立てられたこうた君は、こう言い放つのだ。

「やめてくれや、あんなぶす」

きりこの人生の蜜月は、こうた君のこの一言で終わりを告げる。

だがしかし。それまでの人生で可愛いと言われ続けてきたきりこには、「うちのどこがぶすなんか、まったくわからへんわ！」なのである。当然だ。けれど、きりこ自身は「まったくわからへん」でも、周りは分かってしまうのだ。そうして、それまできりこに対して抱いてきた違和感に納得してしまう。あぁ、そうか、きりこはぶすだったのだ、と。

きりこは次第に孤立していくが、それでも自分のことをぶすだと納得できない。彼女が自分はぶすだという自覚を持つのは、中学に上がって、みんなから可愛いとされているすずこちゃんの顔と自分の顔の違いに気付いた時だった。すずこちゃんのあの顔がみんなの可愛いであるなら、自分の顔はぶすだ、と。その時からきりこは鏡を見なくなる。そして、ひっそりと引きこもるようになってしまう。

そんなきりこに寄り添っているのが、ラムセス2世だ。きりこが小一の時、体育館の裏で見つけた黒猫である。きりことラムセス2世は、運命のように出会う。ラムセス2世は賢い賢い猫なので、きりこと会話ができる。自分はぶすだと分かってしまったきりこが、人間との関わりを避けて、こんこんと眠るようになってしまった時も、ラムセス2世は常にきりこの傍にいる。きりこの大好きなぐるぐるぐると喉《のど》を鳴らす音とともに。

物語の前半分が、「きりこがぶすを自覚するまで」の物語だとしたら、後半分は「きりこが自分を取り戻すまで」の物語だ。そして、前半分にも後半分にも共通しているのは、猫は偉大である、という作者の西さんの揺るぎない想い、だ。

ぶすというのは、人間の女にとっては負の呪文のような言葉だとして、でも、それって本当にそうなん？　ぶすって恥ずかしいことなん？　悪いことなん？　そもそもぶすって何やのん？　と、西さんは考えたのだと思う。考えて考えて考えて、ふと横を見ると人間よりもよっぽど賢くて可愛くて偉大な猫がいる。何だ、人間ってちっちゃいなぁ、目が大きいとか鼻が高いとか痩《や》せてるとか太ってるとかお金持ちだとか貧乏だとか彼氏がいるとかいないとか仕事があるとかないとか、そんなのどうということないんやないの、そんなことで悩んどったら、こんな可愛い、こんな偉大な猫に失礼やないの、あぁ恥ずかしい。西さんはそう思ったのではないか。そして、確信したのだと思う。猫の前では、人間の細かい悩みなど、鼻くそほどのものでもないのだ、と。そうして、この物語を書いたのだと思う。

　きりこが自分を取り戻すきっかけになるのが、きりこと同じ団地に住むちせちゃんだ。赤ん坊のきりこがベビーカーに乗せられて公園デビューを果たした時、きりこの顔を見て「おまんじゅうみたい」と正確に分析してみせた、あのちせちゃんだ。

　ちせちゃんはセックスが好きな自分の欲望に忠実に生きていて、いくら陰口を叩《たた》かれても堂々としていたのだけど、ある日、嫌だという意思表示をしているのにもかかわらず、無理矢理セックスを強要されてしまう。ちせちゃんは傷つく。その傷ついたちせちゃんの気持ちに、きりこが夢で共鳴するのだ。

　血を流しながら泣いているちせちゃんを夢見てから、きりこはこんこんとただ眠るのを止める。ちせちゃんの痛みが、夢を通じてきりこには分かったのだ。そして、長い間引きこもっていた部屋を出て、ちせちゃんに会いに行く。胸にラムセス2世を抱き、団地にいる沢山の猫を後ろに従えたきりこが、ちせちゃんの部屋の下に立つシーンは、ただただ、静かに美しい。

　本書には、何度も読み返したいシーンが他にも沢山あるのだが、きりことちせちゃんが、性犯罪の被害にあった女性たちのための団体に行った時のシーンもその一つ。団体側の女性が、ちせちゃんの露出の多いファッションや、出会い系サイトを利用する態度にも非がある、と咎《とが》めた時、ちせちゃんは全力で言い返す。

「あたしは、自分のおっぱいと、足が綺麗やと思うから、出してんの。それをなんで、襲ってくれ言うてるなんて、思われなあかんの？」

「あたしが、あたしの服着て、何が悪い？　あたしが、あたしの体大切にして、何が悪い？」

ちせちゃんが「あたしはあたしだ」と主張しているのを見て、きりこは気付く。「自分のしたいことを、叶えてあげるんは、自分しかおらん」と。私はこの一文を読んだ時、心の中で拳《こぶし》を突き上げてしまった。そうだよ、きりこ、その通り。

それから時を経て、ちせちゃんは会社を興す。きりこはその会社の副社長となる。ある日、きりこはひょんなことから会社を訪ねて来た初恋の人、こうた君と再会する。きりこの人生の蜜月を、ぶすという言葉でぶった切った、あの張本人だ。三十三歳になったこうた君は、もはやぴかぴかのモテ男ではなく、社会的にも下の方にくすぶっていた。そんなこうた君を見て、きりこはさらに気付く。自分だって「容れ物」にとらわれていたのだと。

そして、きりこはラムセス2世に高らかに宣言する。

「うちは、容れ物も、中身も込みで、うち、なんやな」

「今まで、うちが経験してきたうちの人生のすべてで、うち、なんやな」

ラムセス2世は思う。それでこそ、わが、きりこだ!!　と。
この時のラムセス2世の誇らしげな顔を目に浮かべると、それだけで幸せな気持ちにな
ってしまう。
本書が刊行された同時期、「野性時代」（二〇〇九年六月号）で西さんの特集が組まれた
のだけど、その中に西さん自身が本書について語っている記事がある。本書の執筆中に、
愛猫モチを病気で亡くし、泣き暮らしていたのだが、そのうち「なんであんなええ子が死
ぬんや」と腹が立ってきたのだと。「あんな子が死んでうちみたいなのが生きてるんなら、
しんどがる自分も、自意識にがんじがらめの自分も、笑い飛ばすしかないと思った。『神
サンか何か分からんけど見とけ、コラ!!』という気持ちで一気に書きました」
「神サンか何か分からんけど見とけ、コラ!!」という、これこそが、西さんが作家・西加
奈子たる所以《ゆえん》である。

きりこは本書の中で、ぶすという言葉の呪縛から自由になることで自分を取り戻した。
本書を読んだ人もまた、何かから、誰かから、きっと自由になれる、肉球よりもまるい世
界に漕《こ》ぎ出して行ける、と私は信じている。きりこにとってのラムセス2世のように、本
書は読み手の心にそっと寄り添ってくれる一冊である。

（書評家）

本書は二〇〇九年四月、小社より刊行された
単行本を文庫化したものです。

きりこについて

西《にし》 加《か》奈《な》子《こ》

平成23年 10月25日　初版発行
令和6年 3月15日　34版発行

発行者●山下直久

発行●株式会社KADOKAWA
〒102-8177　東京都千代田区富士見2-13-3
電話　0570-002-301（ナビダイヤル）

角川文庫 17072

印刷所●株式会社KADOKAWA
製本所●株式会社KADOKAWA

表紙画●和田三造

ISBN978-4-04-394481-1　C0193

◆◇◇

角川文庫発刊に際して

角　川　源　義

第二次世界大戦の敗北は、軍事力の敗北であった以上に、私たちの若い文化力の敗退であった。私たちの文化が戦争に対して如何に無力であり、単なるあだ花に過ぎなかったかを、私たちは身を以て体験し痛感した。西洋近代文化の摂取にとって、明治以後八十年の歳月は決して短かすぎたとは言えない。にもかかわらず、近代文化の伝統を確立し、自由な批判と柔軟な良識に富む文化層として自らを形成することに私たちは失敗して来た。そしてこれは、各層への文化の普及滲透を任務とする出版人の責任でもあった。

一九四五年以来、私たちは再び振出しに戻り、第一歩から踏み出すことを余儀なくされた。これは大きな不幸ではあるが、反面、これまでの混沌・未熟・歪曲の中にあった我が国の文化に秩序と確たる基礎を齎らすためには絶好の機会でもある。角川書店は、このような祖国の文化的危機にあたり、微力をも顧みず再建の礎石たるべき抱負と決意とをもって出発したが、ここに創立以来の念願を果すべく角川文庫を発刊する。これまで刊行されたあらゆる全集叢書文庫類の長所と短所とを検討し、古今東西の不朽の典籍を、良心的編集のもとに、廉価に、そして書架にふさわしい美本として、多くのひとびとに提供しようとする。しかし私たちは徒らに百科全書的な知識のジレッタントを作ることを目的とせず、あくまで祖国の文化に秩序と再建への道を示し、この文庫を角川書店の栄ある事業として、今後永久に継続発展せしめ、学芸と教養との殿堂として大成せんことを期したい。多くの読書子の愛情ある忠言と支持とによって、この希望と抱負とを完遂せしめられんことを願う。

一九四九年五月三日

角川文庫ベストセラー

波打ち際の蛍　島本理生

DVで心の傷を負い、カウンセリングに通っていた麻由は、蛍に出逢い心惹かれていく。彼を想う気持ちと不安。相反する気持ちを抱えながら、麻由は痛みを越えて足を踏み出す。切実な祈りと光に満ちた恋愛小説。

あなたがここにいて欲しい　中村航

大学生になった吉田くんによみがえる、懐かしいあの日々。温かな友情と恋を描いた表題作ほか、「男子五編」「ハミングライフ」を含む、感動の青春恋愛小説集。

僕の好きな人が、よく眠れますように　中村航

僕が通う理科系大学のゼミに、北海道から院生の女の子が入ってきた。徐々に距離の近づく僕らには、しかし決して恋が許されない理由があった……『100回泣くこと』を超えた、あまりにせつない恋の物語。

あのとき始まったことのすべて　中村航

社会人3年目——中学時代の同級生の彼女との再会が、僕らのせつない恋の始まりだった……『100回泣くこと』『僕の好きな人が、よく眠れますように』の中村航が贈る甘くて切ないラブ・ストーリー。

終業式　姫野カオルコ

きらめいていた高校時代。卒業してもなお、あの頃のことはいつも記憶の底に眠っていた——。同級生の男女4人が織りなす青春の日々。「あの頃」からの20年間を全編書簡で綴った波乱万丈の物語。

角川文庫ベストセラー

ツ、イ、ラ、ク　　姫野カオルコ

森本隼子。地方の小さな町で彼に出逢った。ただ、出逢っただけだった。雨の日の、小さな事件が起きるまでは——。渾身の思いを込めて恋の極みを描ききった、最強の恋愛文学。恋とは「堕ちる」もの。

桃　もうひとつのツ、イ、ラ、ク　　姫野カオルコ

許されぬ恋。背徳の純粋。誰もが目を背け、傷ついた——。胸に潜む遠い日の痛み。『ツ、イ、ラ、ク』のあの出来事を6人の男女はどう見つめ、どんな時間を歩んできたのか。表題作「桃」を含む6編を収録。

ロマンス小説の七日間　　三浦しをん

海外ロマンス小説の翻訳を生業とするあかりは、現実にはさえない彼氏と半同棲中の27歳。そんな中ヒストリカル・ロマンス小説の翻訳を引き受ける。最初は内容と現実とのギャップにめまいものだったが……。

月魚　　三浦しをん

『無窮堂』は古書業界では名の知れた老舗。その三代目に当たる真志喜と「せどり屋」と呼ばれるやくざ者の父を持つ太一は幼い頃から兄弟のように育つ。ある夏の午後に起きた事件が二人の関係を変えてしまう。

白いへび眠る島　　三浦しをん

高校生の悟史が夏休みに帰省した拝島は、今も古い因習が残る。十三年ぶりの大祭でにぎわう島である噂が起こる。【あれ】が出たと……悟史は幼なじみの光市と噂の真相を探るが、やがて意外な展開に！